Kirmen Uribe

# ムシェ　小さな英雄の物語

キルメン・ウリベ　金子奈美［訳］

白水社
EXLIBRIS

ムシェ　小さな英雄の物語

本書の出版にあたっては、スペイン・バスク自治州のエチェパレ・
インスティトゥートより翻訳助成を受けました。
Liburu honek Etxepare Euskal Institutuaren literatura-itzulpenerako
laguntza jaso du.



カバー写真：
ロベール・ムシェとヴィック・オプデベーク、
娘のカルメンとともに。1943 年。

ネレアに

「今ある自分になったのは自分自身の努力の賜物だと考える人もいるし、ある意味でそれは事実だ。だがね、いっぽうで、私たちはほかの人々によってつくられてもいる。私も初めは両親の、その後は生涯を通じて知り合った人たちのおかげでこういう人間になったわけで、幸運だったと思う。でも人生では、ときに過去があまりに重くのしかかってくるもので、真っ白なカンヴァスに絵を描くのと、すでに黒ずんだカンヴァスに絵を描くのとではわけが違う。そこに色を浮かび上がらせるのは難しいことだ」

「まだ幼い頃にビルバオを発って、その後戻らなかったわけですね。ご両親の決断は正しかったと思いますか?」

「ほかにどうしようもなかったんだ」

一九三六年のスペイン内戦における疎開児童の一人、
パウリーノとの対話。二〇一一年、ボゴタにて

装丁　緒方修一

# 第1部

# 1

ゲルニカ爆撃のあと、スペインのバスク自治州首班であったホセ・アントニオ・アギーレは、ついに子供たちを疎開させる決意を固めた。一九三七年の五月から六月にかけて、一万九千人の子供たちがビルバオの港からヨーロッパ各地に向けて出発した。彼らの多くはフランス、ソ連、イギリス、そしてベルギーへ逃れた。たった数名の教師に付き添われて、親元を遠く離れ、子供たちばかりで異国の地に向かったのだった。

五月六日、ハバナ号は初めて、サントゥルツィ港からフランスのラ・ロシェルに向けて出航した。船には二千四百八十三名の避難民が乗り込んでいた。ハバナ号はかつて、ビルバオ—ハバナ—メキシコ—ニューヨーク間に就航する豪華な大西洋横断定期船で、ビルバオ郊外にあるセスタオのラ・ナバル造船所が威信を賭けて建造した花形客船だった。一九二〇年代にアルフォンソ十三世号と命名されたが、スペイン共和国の成立とともに名前が変わった。しかし、その輝かしい年月はもはや過去のものだった。内戦が勃発してまもなく、政府はハバナ号を、港に接岸したまま病院に転用する目的で接収した。ところが、のちに与えられた役割はそれとは異なるものだった。埠頭に係留されたままになるどころか、イギリスの軍艦セヴン・シーズ・スプレイ号が機雷を除去した細長い航路を通って、ビルバオとフランスの港のあいだを幾度となく往復した。航行のたび、フランコ軍の駆逐艦、とりわけセルベラ提督号がそのあとを追跡した。

完全に包囲されていたビルバオの河口から出航するのは容易なことではなかった。イギリス海軍の助けがなければ不可能だっただろう。フランコの反乱軍は、イギリスのそうした援助を問題視した。他国の干渉は違法行為であると断定し、子供たちを満載した船を撃墜すると脅しさえした。しかしその脅迫が実行に移されることはなく、ハバナ号は一か月にわたって航行を続けた。最後の出航は六月十三日、ビルバオが陥落するわずか一週間前のことで、四千五百人の子供が乗船していた。

決して忘れられない物事というのがある。カルメンチュ・クンディン＝ヒルは、ハバナ号に乗った子供たちの一人だった。当時、少女はまだ八歳。兄のラモンは二歳年上で、家族は二人をヘントに向けて送り出した。バスクからベルギーへ渡った子供の数は三千二百七十八名にのぼる。地域の規模を考えれば、かなりの数だ。カルメンチュ・クンディンと兄のラモンの船旅はどんなものだったのだろう？　カルメンチュの旅を思い描きたくて、僕は同じ航路を辿ったミランテ姉妹のもとを訪ねた。二人とも八十歳を超えているが、今もヘントに住んでいる。ハバナ号で疎開したほかの大勢の子供たちと同様、故郷には二度と戻らなかった。「自分が病気なのはわかってるけどね、あの船旅は何があっても忘れないよ」と妹のほうが僕に言った。アルツハイマーに罹ったその老女は、幼い頃のあの辛い日々がどんなだったか、僕の前でつぶさに語ってくれた。

彼女はまず空襲の話をした。「最初はほんの遊びでしかなかったの。子供はみんな、ビルバオに飛んでくる飛行機を見るのが好きだったからね」。だが、すぐに遊びどころの話ではないと気がついた。あるとき、工場の空襲警報が鳴り始め、マリョナ通りの階段道にあった避難所（当時はレサマ行きの列車のトンネルが防空壕として使われていた）に向かっていたら、近所の女性が道を引き返した。腕には乳飲み児を抱えていた。「鍋が火にかけっぱなしだわ」。何ということか、彼女は火を消すために家に戻ってしまった。飛行機の轟音がおさまったとき、防空壕から出てきた人々は、その女性の家が爆撃を受け、崩れ落ちているのに気がついた。女性は死体となって横たわり、赤ん坊は瓦礫のあいだで埃まみれになって泣きじゃくり、木の椅子の脚が身体に突き刺さりながらもまだ生きていた。空襲はビルバオ市民のあいだに恐怖心を植えつけた。そして憎悪も。爆撃に加わったと見られる飛行機がビルバオ近郊の山に墜落したとき、女たちが現場に行ってみると、機体は大破していたが、パイロットは無事だった。女たちはその男を編み棒でめった刺しにし、その場で殺してしまった。

ミランテ姉妹は、ビルバオを脱出した日のことも忘れていなかった。不吉な日だった。何百人という子供たちが、どこへ行くのかも知らぬまま、あの巨大な船の甲板にひしめいている。気分が悪くなり吐いてしまう子供が続出し、泣き声が響き渡る。海は荒れ狂っていた。「ひとつのことに意識を集中させてごらんなさい、そうしたら周りのことなんかすっかり忘れてしまうわよ」と、母親は別れ際に二人に言い聞かせたという。少女は、母が磨いてくれたばかりの自分の靴をじっと見つめた。小さな指で靴紐を解くと、母が教えてくれたとおりに結び直した。「蝶々結びにするのよ、紐と紐を重ねて、ほら、こんなふうに」。そうして紐を解いては結び、結んでは解いているうちに、嵐のことも、ほかの子供たちの泣き声も、陸に残してきた家族のことも、すべてを忘れた。あの『オデュッセイア』のペネロペのように、時間が少しでも早く過ぎ去るように、編んで解いてを繰り返すうち、彼女は愛する人々の不在を忘れた。「今朝のことはもう覚えていないの。あなたが来ることになってたのだって忘れていたくらい。でも、あのときのことはしっかり記憶に刻まれているんだよ」と、彼女は額を握りこぶしで軽く叩きながら僕に言った。

そして今ようやく、ミランテ姉妹の証言をもとに、ハバナ号に乗船したカルメンチュ・クンディンを思い浮かべることができる気がする。あの姉妹と同じように靴紐を解いては結んでいる、のちに仕立屋となるはずの幼いカルメンチュの姿を。靴をじっと見つめたまま、カルメンチュ・クンディンは船旅のあいだ一度も嘔吐しない。だが、兄のラモンは戻してしまう。「僕のほうが大きいんだから、これからは僕がお父さんだ」とビルバオを出発するとき彼は言った。二人は互いに背を向けて眠り、顔が煤で真っ黒になっていることにも、沈黙のうちに流した黒い涙の跡、月の乾いた川床を流れる水にも、翌朝顔を合わせるまで気づかないだろう。海に投げ込まれた空の靴箱のなかにあるのは暗闇ばかりだ。

ヘントに到着すると、〈バルザール〉と呼ばれる広いダンスホールに連れていかれる。列車に詰め込まれてやってきた子供たちがステージに立つ。それぞれ姓名の書かれたカードを首から下げている。カルメンチュは、ダンスホールの入り口の上の巨大なステンドグラスに目を留める。色鮮やかなステンドグラスには、大きな車輪を動かそうとする頑強な男たちが描かれている。木の板を渡して、車輪をぬかるみから出そうとしているのだ。車輪を前から引いているのは、赤ん坊を腕に抱いた女性一人だけで、彼女も男たちのようにがっしりとした体格だ。その人々の背後、ステンドグラスの中央では、堂々たる赤い旗が風に翻っている。

カルメンチュとラモンはそのステージの上で引き離され、それぞれ割り振られた家族と引き合わされる。君はこの家族と、君はあの人と。「いつも一緒にいるんだよ、離ればなれになってはいけないよ」と、祖母は両腕で孫たちを抱きしめて言い聞かせた。だが、あのステンドグラスの大きな車輪が兄を連れ去り、さよならを言う間もなく、ラモンは人混みのなかに姿を消してしまう。

それから少しして、眼鏡をかけた若者がカルメンチュに近づく。

「やあ、僕はロベールだよ。ロベール・ムシェだ」と彼は笑みを浮かべて、スペイン語で話しかける。

カルメンチュは大きく息をつくと、このときになって、その見知らぬ人の黒いスーツに嘔吐する。

先に目を覚ましたのはヘルマンだ。傍らにロベールの穏やかな息づかいを感じる。二人は釣り小屋で、同じ側を向いて眠っていた。一九二九年八月、聖母マリアの日、ベルギーの海岸部オーストダインケルケで、二人は数日の休暇を過ごしているところだ。

二人が休んでいるのは白い木造の小屋、漁師たちが釣り具をしまっておく、扉の上に小さな窓がいくつかある正方形の建物だ。大きさからするとまるで子供の玩具、夢の家のよ

# 白水 図書案内

No.841／2015-9月　平成27年9月1日発行

白水社 101-0052 東京都千代田区神田小川町 3-24／振替 00190-5-33228／tel. 03-3291-7811
http://www.hakusuisha.co.jp ●表示価格は本体価格です。別途に消費税が加算されます。

## 地図と鉄道省文書で読む私鉄の歩み

### 関東（3）京成・京急・相鉄

**今尾恵介** ■1800円

「鉄道王国」日本はいかにできあがったのか。地形図や公文書から明治以降の東京周辺の歩みを浮かび上がらせる。関東私鉄8社完結。

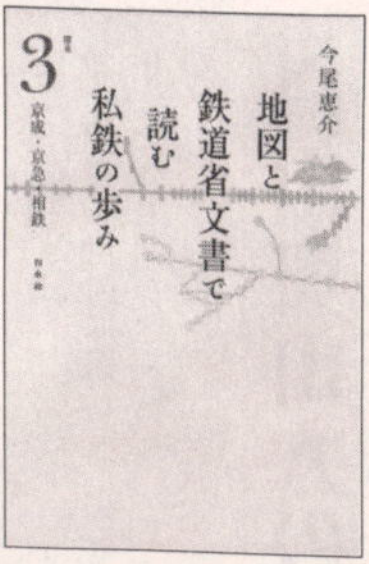


## サル

### その歴史・文化・生態

**デズモンド・モリス**
伊達 淳訳■2400円

『裸のサル』で知られる著者が、満を持してサルを語る！　人類の祖先である動物の興味尽きない生態の秘密と文化の数々。図版多数。

**メールマガジン『月刊白水社』配信中**

登録手続きは小社ホームページ http://www.hakusuisha.co.jp の登録フォームでお願いします。

新刊情報やトピックスから、著者・編集者の言葉、さまざまな読み物まで、白水社の本に興味をお持ちの方には必ず役立つ楽しい情報をお届けします。（「まぐまぐ」の配信システムを使った無料のメールマガジンです。）

# 父を見送る

――家族、人生、台湾

龍應台［天野健太郎／訳］

悲しみは不意打ちのように、日常のふとした一瞬に姿を現す。台湾のベストセラー作家が送る、やさしさと情愛に満ちた家族の物語。

（9月上旬刊）四六判■2400円

# ある夢想者の肖像

スティーヴン・ミルハウザー［柴田元幸／訳］

死ぬほど退屈な夏、少年が微睡みのなかで見る、終わりのない夢……。ミルハウザーの神髄がもっとも濃厚に示された、初期傑作長篇。

（9月下旬刊）四六判■3200円

# 裁判官の書架

大竹たかし

読書家で知られる前東京高裁裁判長が繙く不思議な20冊。意外な組み合わせと鋭い読み込みが、読者の心地よい知的探究心をくすぐる。

## 新刊

# イヴァナ・チャバックの演技術

――俳優力で勝つための12段階式メソッド

イヴァナ・チャバック［白石哲也／訳］

ブラッド・ピットやハル・ベリーをはじめ、ハリウッドセレブたちが大絶讃！ LAのカリスマ演劇コーチによる主著、待望の日本語版。

（9月上旬刊）A5判■2500円

# 遺言

愛しき有田へ

酒井田柿右衛門（14代目）

このままでは日本の伝統工芸は滅びる！ 有田焼の人間国宝が死を目前に遺した、危機を乗り越えるための絞り出すような叫びと提言。

（9月下旬刊）四六判■2700円

# 白山奥山人の民俗誌

――忘れられた人々の記録

橘 礼吉

豪雪対策、小屋作り、熊狩、薬草採取、笠木取り等
きた山の民の生態を柳田國男賞受賞者が克明に
稀有な記録。図版三〇〇枚。

郵　便　は　が　き

おそれいりますが切手をおはりください。

101-0052

東京都千代田区神田小川町3-24

白　水　社　行

## 購読申込書

■ご注文の書籍はご指定の書店にお届けします．なお，直送をご希望の場合は冊数に関係なく送料300円をご負担願います．

| 書　名 | 本体価格 | 部　数 |
| --- | --- | --- |
| | | |
| | | |
| | | |

★価格は税抜きです

(ふりがな)

お　名　前　　　　　　　　(Tel.　　　　　　　　)

ご　住　所　(〒　　　　　　　)

| ご指定書店名（必ずご記入ください） | 取次 | （この欄は小社で記入いたします） |
| --- | --- | --- |
| Tel. | | |

『エクス・リブリス ムシェ 小さな英雄の物語』について　(9042)

■その他小社出版物についてのご意見・ご感想もお書きください。

■あなたのコメントを広告やホームページ等で紹介してもよろしいですか？
1. はい（お名前は掲載しません。紹介させていただいた方には粗品を進呈します）　2. いいえ

| | | | |
|---|---|---|---|
| ご住所 | 〒　電話（　　） | | |
| （ふりがな）お名前 | （　　歳）1. 男　2. 女 | | |
| ご職業または学校名 | | お求めの書店名 | |

■この本を何でお知りになりましたか？
1. 新聞広告（朝日・毎日・読売・日経・他〈　　〉）
2. 雑誌広告（雑誌名　　）
3. 書評（新聞または雑誌名　　）　4.《白水社の本棚》を見て
5. 店頭で見て　6. 白水社のホームページを見て　7. その他（　　）

■お買い求めの動機は？
1. 著者・翻訳者に関心があるので　2. タイトルに引かれて　3. 帯の文章を読んで
4. 広告を見て　5. 装丁が良かったので　6. その他（　　）

■出版案内ご入用の方はご希望のものに印をおつけください。
1. 白水社ブックカタログ　2. 新書カタログ　3. 辞典・語学書カタログ
4. パブリッシャーズ・レビュー《白水社の本棚》（新刊案内／1・4・7・10月刊）

※ご記入いただいた個人情報は、ご希望のあった目録などの送付、また今後の本作りの参考にさせていただく以外の目的で使用することはありません。なお書店を指定して書籍を注文された場合は、お名前・ご住所・お電話番号をご指定書店に連絡させていただきます。

社創立百周年記念出版

# ペイン語
# 辞典

郎、吉田秀太郎、中岡省治、東谷穎人監修

数 11 万。基本語や重要語は詳述、イス
メリカやスペインの地方語も多数収録
科事典項目も掲載した、西和の最高峰。
旬刊）
／2442頁／函入■25000円

## スペイン語の入門

平、瓜谷 望

る参考書を、わかりやすさはそのままにアップデート。重要事項は
解説、細かい規則は付録で詳しく。始めるならこの一冊！
》
（9 月下旬刊）四六判■2300円

## 検対策 3 級問題集（改訂版）

史、モーリス・ジャケ、 舟杉真一

を一新、練習問題を増補。的確な文法説明と豊富な聞き取り問題で、
ん進める「仏検対策」の決定版。
》
（9 月下旬刊）A5判■1900円

## 整理フランス語　動詞のしくみ

良、久保田剛史

詞 55 の全活用パターンと全音源収録！　法や時制のしくみ、基本
用例、詳細な索引……動詞のポイント全てを徹底的に整理。
CD-ROM 付》
（9 月下旬刊）A5判■1900円

フランス語・フランス語圏文化をお伝えする唯一の総合月刊誌

## らんす

月号（9／22頃刊）■639円

★特集「ケベック発見！」インタビュー：ケベック州政府在日事務所代表クレール・ドゥロンジエ / 伊達聖伸 / 小倉和子 / 渡辺諒★「フランスと私」小栗康平★特別寄稿「フランス語圏と歩む日本」★「対訳で楽しむ『恐るべき子供たち』」塩谷祐人★「アフリカ最西端の国から」津久井茂★書評他

**白水社創立百周年記念復刊**

※ 9 月下旬より全国の協力書店店頭にて販売されます。

## サミュエル・ベケット短編小説集

サミュエル・ベケット／片山昇、安堂信也訳　■3800円

待望の復刊！　収録作品＝短編と反古草紙（追い出された男／鎮静剤／終わり／反古草紙）／死んだ頭／なく／人べらし役

## 紙の民

サルバドール・プラセンシア／藤井光訳　■3700円

上空から見下ろす作者＝《土星》の存在に気づき、自由意志を求めて立ち上がった登場人物たち。メキシコ出身の鬼才による鮮烈な処女小説。

## 黒の過程

マルグリット・ユルスナール／岩崎力訳　■4400円

16 世紀フランドル、あらゆる知を追究した錬金術師ゼノンと彼をめぐる人々が織りなす、精緻きわまりない一大歴史物語。巻末エッセイ：堀江敏幸

## 火山の下【エクス・リブリス・クラシックス】

マルカム・ラウリー／斎藤兆史監訳　渡辺暁、山崎暁子訳　■3300円

故郷から遠く離れたメキシコの地で、酒に溺れていく元英国領事の悲喜劇的な一日を、美しくも破滅的な迫真の筆致で描く。二十世紀の金字塔の新訳。

## グールド魚類画帖　十二の魚をめぐる小説

リチャード・フラナガン／渡辺佐智江訳　■4000円

タスマニアの孤島に流刑された画家の奇怪な夢想……2014 年のブッカー賞作家によるピカレスク小説（英連邦作家賞受賞）。魚のカラー画収録。

## パタゴニアふたたび

ブルース・チャトウィン、ポール・セルー／池田 栄一訳　■1700円

人の住む最果ての地として想像力をかき立ててきたパタゴニア。英米を代表する二人の旅行記作家が彼の地の不可思議な魅力を縦横に語る。

## ポル・ポト　ある悪夢の歴史

フィリップ・ショート／山形浩生訳　■7000円

闇に包まれた圧政者の生涯を追いながら、クメール・ルージュの蛮行と虐殺の真相、大国や近隣国に翻弄されるカンボジアの悲劇に迫る。

## 音楽史を変えた五つの発明

ハワード・グッドール／松村哲哉訳　■3000円

「楽譜」「録音技術」など五つの発明が、音楽史にどのような影響を与え、同時に社会や音楽史の動きによってそれらがどう変化を遂げてきたか。

に引き起こす波紋と様々な人間模様を描いたイギリス小説の傑作。

（9月上旬刊）新書判■1700円

白水Uブックス　203

## ミス・ブロウディの青春

ミュリエル・スパーク［岡　照雄／訳］

女子学園の教師ミス・ブロウディはお気に入りの生徒を集め、圧倒的な個性と情熱で少女達を導き、一流になるための教育を授けるが……。

（9月中旬刊）新書判■1300円

## 評伝・河野裕子

——たっぷりと真水を抱きて

永田　淳

母の作歌に対する根源的資質とは何だったのか。没後ますますその存在感が高まる歌人の生涯を、その息子が「家族」と「作品」から描く。

四六判■2300円

## 印刷という革命

——ルネサンスの本と日常生活

アンドルー・ペティグリー［桑木野幸司／訳］

本とは手書き写本であったヨーロッパに印刷された本が生まれたことで、人々の暮らしや政治・宗教・経済・文学はどう変わったのか。

【白水社創立百周年記念出版】

四六判■4800円

エクス・リブリス

## 生まれるためのガイドブック

ラモーナ・オースベル［小林久美子／訳］

誕生、妊娠、受胎、愛を主題に、風変わりな出来事に遭遇するごく普通の人々を描く。米で大絶賛の新星による、チャーミングな短篇集。

四六判■2400円

世界の迷路　Ⅲ

## なにが？ 永遠が

マルグリット・ユルスナール［堀江敏幸／訳］

母・父・私をめぐる自伝的三部作、最終巻。若き妻を失った父ミシェル、彼が心を寄せた女性の存在。時代は戦争へと突入し、一族の物語はついに〈私〉という存在へと辿り着く。

四六判■3400円

## 好評既刊

経緯、その全容に迫る。

（9月上旬刊）新書判■1200円

## 印象派のミューズ

——ルロル姉妹と芸術家たちの光と影

ドミニク・ボナ［永田千奈／訳］

ルノワール、ドガ、ドビュッシー、ジッド……。姉妹の周囲には常に芸術家や作家がいた。同じ家に嫁いだ二人に待っていた運命は……。

四六判■2800円

## 世界一のジェラートをつくる

——起業をめぐるふたりの冒険物語

フェデリコ・グロム、グイード・マルティネッティ［清水由貴子／訳］

昔ながらのジェラートが消えたイタリアで、無添加ジェラテリアを開店、世界へ！　若き創業者による、夢を叶えるためのメッセージ。

四六判■2400円

## 音楽祭の戦後史

——結社とサロンをめぐる物語

山本美紀

戦後民主主義が輝いていた時代に結社やサロンから生まれた音楽祭。「万博」や大衆社会化の下で祝祭はいかなる変容を遂げたのか？

四六判■2400円

## 戦争の谺《こだま》

——軍国・皇国・神国のゆくえ

川村　湊

何を覚えておかなければならないのか。復興の名の下に忘れ去られた「戦後の精神」を、広島・長崎・沖縄等戦禍の民衆の声から探る。

四六判■2800円

## ネオ・チャイナ

——富、真実、心のよりどころを求める13億人の野望

エヴァン・オズノス［笠井亮平／訳］

貧困と政治の軛《くびき》から解き放たれ、人びとはカネと表現の自由と精神的支柱を求めはじめた。一党独裁と人民との相剋を描いた傑作ルポ。

四六判■2600円

うに見える。何列にも並んで建てられたその白い小屋はどれも、慣習にしたがって海に背を向け、陸の太陽を臨んでいる。

ヘルマンはロベールの首筋、彼の艶やかな黒髪を後ろから見つめる。白いタンクトップの下から、背中の筋肉が透けて見える。ヘルマンはロベールの匂いが好きだ。まだ成熟した男のそれではない、柔らかな匂い。ふざけ半分に、中指でかすかに肩に触れ、そっと撫でてみる。それから、その手をロベールの脇の下から胸に回す。ロベールの身体を自分の胸に抱き寄せる。友の逞しい身体が、自分とぴったり重なり合うのを感じる。心臓の鼓動が早まり、自分の身体が震えているのに気づく。

ヘルマンは目を閉じる。その午後、二人は海水浴をしていた。陽射しを浴びたロベールの筋肉。その身体つきから、彼がスポーツマンであることは一目でわかる。線は細いが、力強い。水のなかで、ロベールはヘルマンの肩の上に立ったかと思うと、波に向かって飛び込む。声を上げて笑い、海水を飲み込んでしまう。ヘルマンは、ロベールがすっかり開放的な気分になっているのを見てとる。いつもは真面目で物静かな友が、子供みたいにはしゃいでいる。一瞬、ヘルマンはなぜだか恥ずかしい気持ちになる。ロベールの喜びようが場違いであるかのように。

ヘルマン・ティエリにとって、のちに彼自身が書いているように、ロベール・ムシェが初恋の人だった。二人は十七歳になるのに、女の子に関心がなかった。公園の彫像の陰に隠れ、女の子たちの様子を窺うことはあった。そしてその美しさを目で楽しんでいたのはたしかだが、本当の恋、心の奥底からの愛を感じたのは、ロベールに対してだった。十五歳のとき学校で知り合ってから、二人はずっと一緒だ。学校からの帰りは道草をして、いつも家に着くのが遅くなった。もっと長い時間一緒にいたくて遠回りの道を選び、ときに真剣に、ときに冗談混じりに話し込むことも少なくなかった。

ヘルマンは、ロベールのはっきりした性格が好きだった。彼に反論するのは容易でなく、つねに確信をもって話す姿はリーダーそのものだった。いっぽう、ヘルマンのほうははるかに支離滅裂で、学校でも問題児だったが、話し方には人を惹きつける魅力があり、悪魔ですら彼の言葉には惑わされたことだろう。ヘルマンは、ロベールと自分は互いを補完し合う関係なのだと思っていた。一人に欠けているものはもう一人が持っていた。視線を交わすだけで理解し合えた。楽しく過ごすためにはほかの誰も必要なかった。そして今、その釣り小屋で、二人は身体を寄せ合って眠っていた。

人生でこれ以上幸せな瞬間があるだろうか？　とヘルマンは心の内で思う。その頃、二人は相手のためならどんなことでもやってのけただろう。家出する必要があれば、家を飛び出したことだろう。世界を旅する必要があれば、旅に出たことだろう。ほかのことは何も気に掛けずに二人で仲良くやっていく。少なくともヘルマンはそのつもりでいたが、人間の愛情は、友達同士であれ、恋人同士であれ、けっして釣り合いのとれたものにはならない。完全に対等な愛情関係は存在しない。

前日の朝、二人はいろいろと話し込むつもりで砂丘に腰を下ろした。ロベールはゴールド・ダラーの煙草を一本差し出した。ヘルマンは今もまだ、口のなかにその煙草の味を感じる。そのあとで、ロベールは初めて煙草を吸ったときの話を持ち出した。ヘルマンが試しに吸ってみろと勧めたのだ。「僕はそのときも君を巻き込んだんだな。品行方正な若者を、僕がよからぬことに誘い込むってわけだ」。最初の一本を吸ってからというもの、ロベールはいつも指に煙草を挟んでいた。それはヘルマンも同じだが、彼のほうが貴族趣味で、ときにはパイプを燻らすほうを好んだ。ロベールの横に寝そべったまま目を閉じ、ヘルマンはそんな自分の気取った性格を心のなかで笑う。砂丘からは、オーストダインケルケの果てしない浜辺が見渡せた。漁師たちが騾馬に網を引かせていた。二頭の騾馬がその網を広げ、巻き取っていく。波打ち際まで来たところで、網は突然水面に姿を現わし、そこから逃げ出そうとした魚たちが一斉に、狂ったように飛び跳ねた。

ヘルマンは目を開き、またロベールの背中を見つめる。この青年は何と変わったことだろう。以前はまるで素っ気のない、引っ込み思案な子供だった。口数も少なかった。あまり大人びているものだから、僕たちが子供向けの本の話をしているときに、彼はクリスマスプレゼントを運んでくるシンタクラースについて子供が話すのと同じくらい自然で信じきった様子で、マルクスの話をして聞かせるという具合だった。しかし、最大の変化は病気をしたあの春に起こった。ロベールは虫垂炎で長いこと入院していた。療養中は読書に没頭した。とくに海辺の町、ブレーデネ・アーン・ゼーンで過ごした期間。カミーユ・フラマリオンの驚くべき世界、エミール・ゾラや進歩主義の作家たち。「学校へ戻ってきたとき、君は別人になっていた」

ロベールの艶やかでたっぷりとした髪を、ヘルマンは起こさぬよう気をつけてそっと撫でた。その青年、親友のことを、彼は誰よりも愛していた。秋の夕暮れには手を取り合ってレイエ川沿いを散歩し、ヘントの運河を隈なく歩き回った。夏の暑い夜はロベールの小さな家で過ごした。彼の両親は荷車を引いてフライドポテト売りをしていたので、二人きりでなければ弟のジョルジェが一緒だった。だがジョルジェは、二人が作家や思想家について、世界が誤った方向へ向かっていることについて、互いに譲らず議論に熱中し始めると、すぐ彼らを置いてどこかへ行ってしまった。「君たちの言っていることは意味不明だ」と言って自分の用事に戻っていった。その兄弟はまるで似ていなかった。誰が見ても同じ家の人間とは思わなかっただろう。ジョルジェはロベールの読書癖も、社会への関心も持ち合わせていなかった。友達とわいわい騒いだり、のらりくらり暮らしているほうが性に合っていた。彼はごく普通の少年で、人生に期待するのは仕事と恋人ぐらいのもの、それ以外に特別なことは望まなかった。

フェレル通りのその小さな家から、ヘルマンとロベールは世界全体に照準を定めていた。煙草を手に窓辺に立ち、通りを行く人々を眺めていた。「世界を良くする方法がきっとあるはずだ、もっと違うかたちで物事を進める方法が」とロベールはそんな夜、ヘルマンに話した。初めは穏やかだった口調は、不正義を次々と並べ立てていくうちに激しさを増した。ヘルマンは彼の理を認め、君の言うことは正しい、もちろんだ、別の方法があるはずだと相槌を打った。けれども、そうしてロベールの話を聞いていると、怖れにも似た感情に捕らわれた。物事の真の姿、裏の側面を見るのに、ロベールはあまりに怖いもの知らずで、純粋すぎるのではないだろうか。するとヘルマンは不安を、親友を失う怖れを覚えた。その暑い夏の夜、彼は煙草を手に確信をもって話す友の姿を見つめた。そして身の毛がよだつ思いがした。ロベールは率直すぎる、思ったことをそのまま口にしてしまう、そんな性格が彼の人生にもたらすのは苦しみばかりだろう。ロベールは自分の身を守る方法を学ぶべきだろう、自分をそんなふうにさらけ出すのは危険なことだから。

ロベールの呼吸が急に早まる。ヘルマンは愛撫の手を止め、指先を少し離す。彼を起こしてしまいたくない。そうして撫でているのに気づかれたら、何と思われるだろう？　ヘルマンは恥ずかしさに耐えきれないだろう。ロベールの息遣いがふたたび穏やかになる。ヘルマンは目を閉じる。そうして数分のあいだ、ロベールの柔らかな匂いを嗅ぎ、潮騒に耳を澄ませていると、思い出もまた波のように、砕けてはひとつまたひとつと押し寄せてきた。あるイメージが別のイメージを運んできては、川の水面に映った自分の顔を見るときのように、さまざまなかたちをつくり出し、姿を変えていく。

夜が明け、窓のカーテンの隙間から徐々に日の光が差し込む。ヘルマンは眠っている。ぐっすり眠り込んだわけではなく、半時間ほどどうとうとするだけだ。光の筋が彼を目覚めさせる。騾馬が漁網を引くように、新しい一日もヘルマンを引き寄せ、目を開くと、濡れた網の目に陽射しが当たってきらめいていて、その眩しさに目を細める。

ベッドから起き上がろうとする。

「まだ起きないで」と不意に、ロベールが振り向かずに言う。「君の腕のなかでいい気持ちだったんだ」

ロベールはずっと目を覚ましていた。

カルメン・ムシェの最初の思い出。

一九四五年。カルメンは三歳だ。母親に手を引かれ、家からシント・ペーテルス駅へ向かう道を歩いている。長々と続くコーニング・アルベルト通り。子供の小さな足ではさらに長い。「カルメン、もっと急いで、遅れそうなのよ」。カルメンが立ち止まるたび、母は彼女の腕を引っ張る。パン屋のショーウィンドウ、道端の草花、何もかもが幼い少女の注意を引く。「行きましょう、カルメン、お父さんを待たせてしまうわ」。駅には毎日、強制収容所からの列車が到着した。そのどれかに父が乗っているはずだった。どの日、どの列車かは誰も知らなかったが、必ず戻ってくるはずだった。

ヘントのシント・ペーテルス駅は、当時のカルメンには巨大に見えた。入り口の頑丈そうな柱、天井に描かれた金銀色の絵柄、王族や聖人たち。入り口の向こうには二本のトンネルがある。長くて暗い地下道だ。そのトンネルに、右へ左へと人々がなだれ込み、プラットホームへ通じる階段を下りていくさまはまるで巨大な排水溝のようだ。その洪水がお父さんを連れてくるだろう。しかし、カルメンは父親の顔を知らない。母が毎晩見せてくれる写真におやすみのキスをしてはいるけれど、少女はいったいどうして父親を見分けることができるだろう、どんな姿で帰ってくるか、健康なのかそれともやつれた様子なのかもわからないというのに。

カルメンは、列車から降りてくる見知らぬ男たちのほうへ駆けていく。次から次にやってくる人々の顔に目を凝らす。そして「パパ、パパ」と言って、いちばん近くにいた人の脚に抱きつく。

決して忘れられない物事というのがある。

# 2

知らない場所はしばしば冷たく感じられるものだ。暗い夕闇のようなものが心の内に立ちこめて、過去に置いてきた人々を恋しく思うものだ。

ビルバオを発っていったあの子供たちも、旅の最初の数日をそんなふうに過ごしたのだろう。いずれにせよ、子供たちの多くにとって、ベルギーに到着し、ヘントに少なくとも当面のあいだは住むことができると知ったのは、ほっとすることでもあったらしい。というのも、彼らは目的地にすぐたどり着けたわけではなかったからだ。まずラ・ロシェルに上陸し、それからフランスを横断しなければならなかった。ベルギーに着くと予防接種を受け、臨海学校にひと月留め置かれた。そこから子供たちはベルギー各地の都市へ送られ、そのなかに、列車に詰め込まれてヘントへ向かった子たちがいた。

ベルギーに着いた三千二百七十八名の疎開児童のうち、三千人ほどは、フランスに亡命した子たちのように寄宿舎や孤児院にではなく、現地の家庭に引き取られた。ヘントの里親の多くはベルギー社会党員だった。ほかに共産主義者や、カトリック系団体のボランティアもいた。そうして一般家庭に受け入れられたのは子供たちにとって運の良いことだったが、疎開児童を引き取った家には補助金が与えられたため、なかには金銭を目当てにした家族もわずかながらあり、そこに引き取られた子供の生活はあまり恵まれたものではなかった。ミランテ姉妹の一人は、商店を営む家庭に実の娘同然に迎えられた。家族は少女にすべてを与え、教育費を賄い、大学まで行かせてくれた。いっぽう、もう一人のほうは辛酸を舐めた。家の掃除、家畜の乳搾り、家庭菜園での畑仕事等、女中のようにこき使われたのだ。バスクの子供を引き取った家族のなかで、ブリュッセルのエークマンというユダヤ人夫妻の貢献は記憶に留めるに値する。彼らは六人の子持ちでありながら、さらにバスクの疎開児童を八人受け入れた。父親は国際貿易で富を築いた実業家だった。思想的には左翼でしかもユダヤ人という、ナチスにとっては最悪の組み合わせだった。第二次世界大戦はエークマン一家にとって災厄だった。夫妻はともに絶滅収容所で命を奪われた。

少しずつ、子供たちは成長するにつれ、新たな環境に慣れていった。故郷とフランドルでは木の影も同じではなく、ビルバオとヘントの暮らしはまるで異なっていた。戦時中のビルバオでは黒パンしか食べられなかったので、最初のうれしい驚きは白パンだった。それに、家に玩具があることも驚きだった。しかも、子供がみな自分の玩具を持っているのだ。そんなことはバスクでは想像もできなかった。そうした家での遊びは、子供たちにぬくもりと、いくらかの安心感を与えた。ベルギーに渡ったバスクの疎開児童にとって、それこそが最大の変化だった。そこには玩具があり、ビルバオでしていたように、錆びついた車輪やぼろ布でできたボールを使って外で遊んだりはしなかった。ヘントでは、たとえ労働者階級の家庭でも、人形、小さなトラックやクレーン、自転車などで遊ぶことができた。そのうえ、とりわけ週末になると、家族で一緒に長い時間を過ごした。生まれ故郷ではそんなことはなかった。親たちはいつもどこか離れたところにいて、子供たちと一緒になって遊ぶことはなく、子供の小さな世界では権威的な存在でしかなかった。けれどもベルギーでは、日曜になると誰かの家に子供が大勢集まって、家のなかや庭で遊ぶのがごく当たり前のことだった。兄弟姉妹、いとこ、友達、みなが一緒になって遊んでいた。

子供たちの経験したもうひとつの大きな変化は文化的なこと、さまざまな文化的催しを家族で楽しむ習慣だった。ヘントでは、子供連れで映画館に行ったり、子供向けの演劇を観たり、ダンスに行ったりするのは普通のことだった。だから、カルメンチュ・クンディンはあの〈バルザール〉と呼ばれる、ヴォーライトのダンスホールに幾度となく足を運ぶことになる。そこでは大人も子供も入り混じってワルツを踊っていた。ヘントで最初に目を留めたあのステンドグラスは、ふたたび目にしたときには別物に見えた。ダンスホールはフランドル労働者共同組合の本部にあった。そこでは労働者のためのさまざまな催しが企画されていた。講演会、映画の上映会、ダンスパーティー。子供の誕生会も行なわれた。堂々たる赤い旗の下で、大きな車輪を引く男たち。そして、赤ん坊を腕に抱いた体格の良い女性。それは未来の車輪、自由の車輪だった。その車輪がカルメンチュを怯えさせることはもはやなかった。

兄のラモンも、新しい家族には恵まれたほうだった。彼はジョルジェ・ルールスという老人の家で暮らすことになった。ルールスさんは鳩をこよなく愛していた。家の小さな畑に鳩小屋があり、そこで鳥を飼っていた。

「伝言を送ったりするの?」とラモンは鳩小屋で鳥の世話をしているとき、ルールスさんに尋ねる。

「ときどきね」

「家にいるおばあちゃんに伝言を送れたらなあ」

「何て伝えるんだい?」と老人は、子供に背を向けて掃除を続けながら訊く。

「おばあちゃんがいなくて寂しいけど、元気にしていますって」

ルールスさんは溜め息をつく。

「じゃあそれを小さな紙に書いておくれ」。しばし沈黙したのち、仕事の手を止めずに、背を向けたまま言う。「そうしたら鳩の足に結んでみよう」

ラモンは家に入ると、すぐに紙切れをもって出てくる。そしていちばん軀つきのしっかりした鳩を選ぶと、その足に紐を使って紙を結わえつける。ルールスさんが鳩を両手で摑み、空に放つ。

「ビルバオまで飛んでいけ！」

ラモンは潤んだ目で飛んでいく鳩を見つめる。鳩が羽ばたくたび、少年の目がきらりと輝く。ルールスさんは地面にうずくまる。彼には、鳥が家の屋根よりも向こうに行くことなく、すぐに戻ってくるとわかっている。

ロベールはそのときまで、オットーヒュラヒト高校の校長室に足を踏み入れたことがなかった。生徒が建物のそちら側に立ち入ることは禁じられていた。同じ校舎のなかにありながら、そこは別世界、大人たちだけの権力の領域だった。生徒にとっては謎めいた場所であり、校長室については噂話、何か罰を受けて呼び出された不良生徒による脚色の多い証言しか伝わっていなかった。

白黒のタイルが敷かれた長い廊下で、ロベールは校長室に案内してくれるはずの秘書の足音を聞く。「ここで待っていてください」。〈校長室《ストゥディープレフェクト》〉と書かれた部屋に通じる待合室でロベールは立ち止まる。壁に備え付けのベンチに座るよう言われる。そこに呼び出されたのはいったいなぜだろう、と自問する。悪いことは何もしていないから、気持ちは落ち着いている。でも、心当たりがないぶん少し不安でもある。彼はベンチに腰掛け、待合室の壁に目をやる。往年のヘントの商館のように、マホガニー製の優雅な家具がしつらえてある。ロベールは安物の壁紙が貼られた自分の家を思い浮かべる。墓地の脇に建つ粗末な木造の家は、フェレル通りにある。通りの名前は、バルセロナの教育学者フランセスク・ファレールに敬意を表してつけられた。バルセロナで一九〇九年、「悲劇の一週間」と呼ばれる暴動が起きたとき、この教育学者はスペイン政府に首謀者の一人と見なされ、彼の解放を求めて大々的に展開された国際抗議運動の甲斐もなく処刑されたのだ。ファレールを擁護して、作家のアナトール・フランスその人が、ドレフュス事件のときにエミール・ゾラが書いた「私は弾劾する」と同様の公開書簡を発表した。

ロベールはまだ部屋の調度品を見つめている。趣のある暖炉、その上に飾られた絵画。月日の経過により、カンヴァスは埃や煤で黒ずんでいる。描かれているのは冬の光景だ。前景には、立ち話をしている男と二人の女。後景には、左右に傾斜のある石造りの橋。その下には川。絵の右側の隅に、靴を履こうとしている二人の男。いや、靴ではない、ロベールはもっとよく観察する。スケート靴だ。川は凍結しているらしく、人々は水面を滑っている。服と帽子に注意して見ると、長いマントを着て三角帽子を被っているので、きっと十八世紀の版画だろう、とロベールは見当をつける。

友達のヘルマンのことをまた思い出す。ヘルマンはスケートが苦手で、あれほど滑るのが下手な人はこの広い世界でもそういないだろう。それでも、ロベールは彼のあとについて氷の上を滑るのが好きだった。二人で転び、笑い転げながら抱き合うのが。あるとき、転倒したヘルマンの大きな身体がロベールにのしかかってきたことがあった。二人の顔が向かい合った。ヘルマンはしばらくロベールの唇を見ていた。そこから目を離さなかった。長い一秒だった。それから、立ち上がってロベールの腕を摑んだ。

「ほら、立てよ!」

ヘルマンのあの視線は決して忘れないだろう。

「ロベール・ムシェ」と秘書が呼ぶ。

校長室に入る。窓から、通りを行く自動車と荷車の動きが見える。外から伝わってくる活気にロベールは驚く。教室からは中庭しか見えないので、外の様子はわからないのだ。通りを眺めながらふと、小学生のときクラスのトップになったご褒美に、幌つき馬車で街を一周させてもらったことを思い出す。地区を出て市の中心部へ向かい、それから運河沿いを走った。それが当時、優等生を表彰する奇妙なやり方だった。そうして長々と市内を巡ったあと、地面に寝かされて全身を本で覆われ、それらが家の書棚に置かれた最初の本となった。金《きん》で身体を覆う代わりに、本が使われたのだった。

フェイトマンス校長はロベールを高く評価していた。ロベールは勤勉で、教室で問題を起こしてばかりいるほかの子たちとは違っていた。大抵はクラスでいちばん優秀な生徒だった。十五歳で虫垂炎に罹り、入院していたあの終わらない日々、フェイトマンスはロベールを訪ねた。形式的な見舞いの言葉をいくつか口にしただけで、校長は学校へ戻っていった。特別なことは何も言われなかったが、そうして校長自らが来てくれたということに、ロベールは感謝の気持ちを抱いた。

ヘルマン大将を筆頭に、同級生たちも見舞いにやってきた。彼らは病院に遊びの香り、通りの空気を運んできて、普段の暮らしが懐かしくなっていたロベールにその香りは心地よかった。そこには少年たちの汗、インク、そして冬の冷気が入り混じっていた。

フェイトマンスは広げた手で、書き物机の前に置かれた椅子に座るよう合図する。ロベールは彼の手を見つめる。指は短く、結婚指輪がほとんど肉に埋まっている。きっと外れないだろう、とロベールは思う。

「お父さんのことは聞いたよ」

「不幸中の幸いでした。少なくとも命は助かりましたから」

「人生にはそんなこともあるものだ……」

ロベールの父は織物工場で仕事中に事故に遭い、片方の肺をひどく損傷してしまった。工場を辞め、妻と荷車でフライドポテトを売り歩いていくらか金を稼いでいたものの、それではどう見ても、家族全員の生活を支えるには足りなかった。

フェイトマンス校長は椅子から立ち上がり、窓に近づく。そして通りを眺めながら話を続ける。

「問題は、誰かが日々の食い扶持を稼がねばならんということだ」

「おっしゃるとおりです」とロベールは椅子から動かず、小声で答えた。

「ベルギー銀行の支配人が、賢くて働き者の若者を推薦してほしいそうだ。君はそういう仕事には最適かと思うが」

校長室を出たとき、ロベールは悔しさに涙がこぼれた。たしかに、家族を助けるために働くことはできるだろう。だが不運にも、勉強を続け、大学を卒業することはできないのだ。幼い頃からの夢は叶えられないだろう。しかし、校長からの申し出を断るわけにはいかないことはわかっていた。その選択を受け入れなければならない、自分の野心はここでは重要でないのだ。家族は彼を頼りにしていて、彼にはそれに応える義務があった。過去何年かにヘルマンと交わした長い会話、運河沿いを散歩しながら生まれてきた言葉が脳裏に浮かんだ。

「ロベール、世界を動かしているものは何だと思う？」と、あるときヘルマンが尋ねた。「ニーチェによれば、その隠れた力は権力だ。マルクスの考えでは経済。フロイトにとっては愛。だとしたら、誰が正しいと思う？　僕たちを生かしているのは何だ？」

「君の意見はどうなんだい？」ロベールは時間稼ぎに言った。

「ニーチェに同感だ」とヘルマンは即答した。「世界を動かすのは権力だよ」

「どうだろう」とロベールは思い切って異議をとなえた。「最初は、その隠れた力は経済だって気がした……それに知ってのとおり、僕はマルクスの信奉者だから」

「ああ、そうだな」

「でも違うよ、ヘルマン。僕らを生かしているのは愛だ。あの深遠なる力は愛なんだ。少なくとも僕はそう信じたい。その意味ではフロイトに賛成だ」

しかし校長室を出たとき、ロベールは何を考えていいかわからない。

ヘルマンの父、ミシェル・ティエリはヘントの名士だった。職業は学校の教師だったが、彼の真の名声は、博物学の分野での研究がもたらしたものだった。ヘントにおける植物学の草分けの一人で、世界各地から持ち帰った植物を展示するため、小さな博物館を自らつくったほどだった。長年かけて集めた植物学の貴重な蔵書の持ち主でもあった。そのほかに、森でのスケッチと長きにわたる研究の成果をまとめた著作が何冊もあった。教師としては進歩主義で大胆、教育学における世界の最新の動向を把握し、それを実地に移すことを好んだ。自分が受け持つ男子生徒たちと山歩きを企画し、森で授業をすることもしばしばだった。博物館に生徒を大勢連れていき、一緒に実験室に入って、森で見つけたばかりの植物を分析し、分類する作業をすることもあった。

ヘルマンとロベールの育った環境は、思想的にはどちらも左派だったものの、まるで異なっていた。ヘルマンの家族はヘントの街で一定の地位を占めていて、ブルジョア趣味で、教養があった。そのことは歩き方にも、昼食のテーブルの整え方、服装といった日常生活の細部にまで見てとれた。ロベールはそんな優雅さに憧れ、できるだけ真似しようとした。ロベールの育ちはまったく違っていた。フェレル通りの界隈では誰もが日々の暮らしで精いっぱいだった。家で受け継ぐことのできなかった教養を、ロベールは至るところに求めていた。

貧しい地区の生まれではあったが、あるいはそれだからこそ、ヘルマンの両親はロベールをとても気に入り、家によく招いた。そして、「あんな友達は二人とできるものではないよ」と幾度となくヘルマンに言い聞かせた。

ロベールの人付き合いの巧みさは才能と言ってよく、年長者に対するのと若者に対するのとで話し方を使い分けていた。彼は自然と、相手の立場に身を置いてみることを知っていた。青春期にはなかなか見られないことだ。そしてもちろん、ティエリ氏が何かの植物の話をしているときは、ヘルマンよりもずっと注意を払って聞いた。息子のほうは退屈そうにしてみせるばかりだった。当然ながら、ヘルマンは父親から何千回と聞かされたことをまた聞くよりも、ロベールと庭か通りに散歩に出かけるほうがよかった。「父さん、もういいから、僕の友達を困らせないでくれよ」。ロベールの腕を摑んでそこから連れ出そうとした。けれども、ロベールはティエリ氏の話が終わるまで礼儀正しく待っていたので、ヘルマンは玄関の前で、タイル敷きの小さな階段に腰掛けて待ち続けるはめになった。

そして今も、彼は教室で、フェイトマンス校長が何と言ったか知りたくてうずうずしながらロベールを待っていた。

「説教されたのか?」

「いや。ベルギー銀行に就職することになった」とロベールは、特別うれしそうな様子も見せずに言う。

「すごいじゃないか。いい職に就けて、収入だって悪くない……」。ヘルマンは物事の良い面に目を向けさせようとする。

「それに、もう試験も受けなくて済む。自分の好きなことだけ勉強するんだ。詩、歴史、文学……。退屈な必修科目は忘れて、好きな本だけを読んで、読みまくるんだ」

ロベールはそう言って自分を納得させようとしたが、彼にとって勉学をやめなければならないのは大きな痛手だとヘルマンにはわかっていた。ロベールは泣いたあとの目をしていた。ヘルマンがのちに記したところによれば、ロベールは、ヘルマンが大学を卒業し、自分はそれができなかったからといって嫉妬する様子は一度も見せたことがなかった。「二人で成績表を見て、僕が優を取ると祝ってくれたほどだ」とヘルマンは書いている。

# 3

二人の親友がいるところには、必ず三人目の友がいるものだ。

ロベールとヘルマンの三人目の友は、ロベール・ブリーゼといった。オットーヒュラヒト高校の同級生だ。ブリーゼが好きなのは音楽だった。ピアノを上手に弾いた。その演奏を聴きながら、ロベールとヘルマンはティエリ家で何時間も過ごした。ロベールは、ベートーヴェンの曲を弾いてくれるよう頼むことが多かった。

「ルートヴィヒ・ヴァン・ベートーヴェンほど偉大な作曲家は世界のどこにもいないよ」と、ロベールはいつもの確信に満ちた調子で言う。

「ドビュッシーとラヴェルも悪くないが……」とヘルマンが応じる。

「時代の流行に流されちゃいけない。彼らにベートーヴェンほどの迫力はないよ。それに何より、ベートーヴェンは威厳に溢れた作曲家だった。ほら、有力者たちに音楽を教えていただろう。伯爵や公爵に。そんな生徒たちのなかに、ライナーという名の大公がいた。それで、大公は毎日午後のレッスンに遅刻していたんだ。ベートーヴェンはいつも待たされていた。ある日、ついに堪忍袋の緒が切れた。いつになくライナーにきつく当たるんだ。ミスのひとつも許さない。上手く弾けないと、指揮棒で指を叩いてね。そこで若き大公は、『少しは辛抱してください』と懇願した。だがベートーヴェンは言った。『あなたをお待ち申し上げるあいだずっと辛抱しておりましたが、もう限界です』とね。それからというもの、哀れなライナーは時間どおりに来るようになったそうだ。そして、ベートーヴェンの指導も穏やかになった」

「おい、ヘルマン、お前も時間を守るようにしないとな」とブリーゼがピアノの前から茶化す。

「お前こそ要らない口は叩くな」

「でも、それよりゲーテにしてやったことが傑作なんだ」とロベールは二人の言い合いに耳を貸さずに続ける。「ゲーテとベートーヴェンは互いに良き理解者とは言えなかった。ベートーヴェンはゲーテを尊敬していて、近づきになりたいと思っていたから、彼の詩にメロディーをつけて送ったりして、親しくなろうと努めたんだが、その努力も無駄だった。そもそも馬が合わなかったんだ。ベートーヴェンによれば、あるときゲーテと二人で腕を組んで散歩していたら、皇后と王子たちがやってくるじゃないか。『落ち着いて、何事もなかったかのように話を続けてください』と作曲家は言った。けれども、詩人は彼の腕を振りほどき、皇后たちが通りかかるのを待ち構えた。作曲家は、帽子に軽く手を添えて会釈しただけで、皇后ご一行のあいだを不器用にすり抜け、そのまま歩いていく。高貴な方々は作曲家に挨拶する。ゲーテはというと、脇に避けて一行に道を空け、帽子を取って丁重におじぎをする。『そんな必要はなかったのです』とあとになって、ベートーヴェンは顔をしかめて言ったそうだ。『彼らは、船、宮殿、武器、いかなるものでも命じてつくらせることができます。しかし、我々の頭脳だけは絶対につくり出せないのです』。ゲーテは、彼のそんな不遜な態度をけっして許さなかった」

「おやおや、彼も革命家だったのか！」とヘルマン。

「ベートーヴェンも好きだけど、モーツァルトはもっといいよ。完璧さの極致にもっとも近いのは彼だ」とブリーゼ。

「たしかに」とロベールは頷く。「ベートーヴェンもそれは認めていた。バッハとモーツァルトにはかなわないと自分でもわかっていたんだ」

「若い頃、ベートーヴェンはある演奏会でモーツァルトと競演したいと考えた」とブリーゼはピアノの前から言う。「彼の夢だったんだが、ザルツブルクの巨匠はそれを受け入れなかった。若い音楽家と肩を並べるつもりはなかったらしい。そうして軽くあしらわれたことが、当時のベートーヴェンにはひどくこたえた」

「でも彼だって」と、ロベールはベートーヴェンを擁護しようとする。「あとになってモーツァルトを許したじゃないか。人前ではいつもモーツァルトの才能を誉め称えていた。甘やかされて育った人間で、小さい頃から、音楽の世界だけでなく人生においても、父親のレオポルドの言うなりだったと考えていたにせよ。ベートーヴェンはそうじゃなかった。彼は完全に独学の人だった。家族から特別な援助を受けたわけでもない」

「おい、ブリーゼ、何か弾いてくれよ」とヘルマンが、椅子の背に頭をもたせかけて言う。「お前たち、いつものことだけど話し込みすぎだぞ」

ブリーゼは、ベートーヴェンの作品27の2、『月光』と呼ばれるピアノソナタを弾き始めた。ロベールはその名前がどうしても好きになれなかった。ベートーヴェンの死後、何十年も経ってから、詩人のルートヴィヒ・レルシュタープがつけたものだ。ロベールにとってそれは月光のイメージ以上のもので、その種の美学は気に入らなかった。彼が思うに、そのメロディーが表わすのは大きな喪失、存在の重さ、疲労感だった。

ロベールがベートーヴェンについて話すのを聞きながら、ヘルマンは圧倒される思いだった。それに、ブリーゼの弾く音の響きに感動する様子といったらどうだろう。

ヴィック・オプデベークは、一九四五年三月十六日の日記にこう書いた。

愛しい人へ

ベートーヴェンのコンサートから帰宅したところです。交響曲第八番を聴きました。この人は本当に天才ね！　感動のあまり泣き出してしまいました。あなたのことを思い出したの。わたしの横にいてくれるはずだったあなたのことを。

ねえ、あなたはどこにいるの？

# 4

ロベールの夢は、少なくともヘルマンに一度ならず語ったところによれば、何にも縛られることなく、世界じゅうを自由に旅することだった。南米に行き、かの地の人里離れた場所を、古代文明の名残り、広大なジャングルを訪れるのだ。子供が欲しいと思ったことはなかった。父親になるということ、そんな途方もない責任を負うということが、内心恐ろしくもあった。自分に残されたごくわずかな自由も失ってしまうのではないか、教養を身につけるため、読書のために充てるささやかな時間すらなくなってしまうのではないかと。しかし、ビルバオからやってきたカルメンチュ・クンディン、あの八歳の少女が、あらゆる怖れをたちまちにして消し去った。カルメンチュは余暇を奪うどころか、彼を人間として成長させてくれ、一緒に過ごしたあの時間、ロベールはいつも自分が与えたものを倍にして返してもらっている気がした。「君の明るい性格は周りの人まで明るい気持ちにさせてくれる、それは最高に素晴らしいことなのだと、ベートーヴェンはかつて若き日のリストに言った。だとすれば、カルメンチュは我が家に届いた最高の贈り物だよ」と、その数年後にロベール自身が告白している。

とはいえ、彼には銀行の仕事があったので、カルメンチュの面倒を見たのはおもにロベールの父、アウグスト・ムシェだった。少女を引き取ってからというもの、父は生き返ったようだった。まるで病気が治ったかのごとく、見るからに若々しくなり、いつもの険しい表情は影を潜め、彼自身も子供に返ったように、カルメンチュと一緒に外を走り回った。

南風が巧みに描き出す六月の暖かな夕暮れ、カルメンチュのお気に入りの遊びはフライドポテトを売り歩くことだ。アウグストおじいさんが見守るなか、荷車をしっかりと支え、辺りの様子を窺う。近寄ってきた客の注文を訊くのはいつも彼女が先だ。アウグストにはほとんど働かせない。「おじいちゃんはおいもを揚げていて」と、幼い子供ならではの真面目なクローンのような話し方と仕草で命じる。小さなエプロンをつけた彼女がしっかり者の店員だ。店員で、店主でもある。円錐状に巻いた紙にポテトを入れて客に渡し、ときには勘定までする。「どうもありがとう。また来てね」と言って見送る。気の良い客は笑顔で応える。

今は注文客がいないので、カルメンチュは退屈して、揚げたポテトに手を伸ばす。アウグストは手にしたフォークで、それ以上つまみ食いしてはだめだ、売り物なのだからと注意する。けれども、少ししてからひと摑み与える。「冷めかけていたからね」と冗談を言う。カルメンチュが食べているあいだ、少女の頰を撫でてこう約束する。「いつかジャガイモを何キロも揚げて、お腹いっぱいになるまで食べさせてやろう。さて、それで満足してくれるかな」

アウグストは、カルメンチュにたくさんお話をしてやった。子供にはとにかくたくさん話しかけてやらなくてはならない、そうしてきちんとした話し方を身につけ、さまざまな言葉遣いを区別できるようになれば、人生のいかなる状況にも対応できるはずだ、というのが彼の信条だった。やがて、アウグストは自転車競技への熱狂をカルメンに植えつけた。フェレル通りの長くぬかるんだ道で後ろから支えてやり、自転車の乗り方を教えたのも彼だった。近所の誰かに自転車を借り、カルメンチュが練習できるよう調整を加えた。アウグストは自転車競技にとても詳しかった。三月にはヘント―ウェヴェルヘム間で、アマチュア向けの一日限りのロードレースが開催されていた。ヘントの通りには多くの人が詰めかけて、出場選手たちを見物した。なかでもおじいさんがひいきにしていた選手に、ヘント近郊の小さな村出身でロベール・ヴァン・エーナーメという名の、痩せぎすで耳の突き出た若者がいた。二輪の上に跨がると稲妻の速さで駆け抜けた。アルデンヌ高地の上り坂で先頭を行くのは彼だった。おじいさんはヴァン・エーナーメの偉業についてとめどなく語り続けたが、少女は自分の二本の足をどうしたらベダルの上にうまく乗せておけるか、そのコツを見つけることのほうに気を取られていた。

映画館にも毎週行き、ディズニーのアニメを観た。あるいは、チャールズ・チャップリンの無声映画。カルメンチュはシャルロの役がとても気に入った。家でその姿を真似て、おじいさんの帽子を被り、口髭を描いて変装するのが大好きだった。アウグストはカルメンチュに言われるがまま、いつも悪役に扮した。大抵はチャップリンを追跡する警官の役で、登場人物のなかでいちばんひどく打ち据えられるのが彼なのだった。

一九三八年のクリスマス、カルメンチュは特別なプレゼントをもらった。ヘントでは、クリスマスプレゼントをもらうのは十二月五日で、キリストの降誕祭よりもかなり早い。シンタクラースと呼ばれる聖人が贈り物を運んできて、みなの靴のなかに入れていく。シンタクラースはその年、カルメンチュのために自転車を持ってきた。片方の車輪にカードが吊るされていた。「我らがカルメンチュ、小さなヴァン・エーナーメへ」

僕が見た当時の写真のなかで、少女が微笑んでいるのは自転車に跨がった一枚きりで、ほかの写真ではどれも、何か考え込んでいるような、硬い表情をしている。

毎年夏になると、ヘルマンはイギリスへ行くことになっていた。クーニス家に一か月ほど滞在するためだ。その一家はヘントの出身だったが、ヒッチンに移り住んで久しかった。ヘーラールト・クーニスはミシェル・ティエリの旧友で、息子に英語を学ばせたいと思っていた友に頼まれ、ヘルマンを快く家に迎えた。一九二九年の夏、ヘルマンは、友達のロベールと一緒にこんなことをした、あんなことをした、彼だってヒッチンで英語力に磨きをかけることができたらどんなに嬉しいだろう、などと話してばかりいた。クーニス家の人たちはあまりロベールの話を聞かされたものだから、翌年、一九三〇年の夏はロベールもヒッチンに招待した。そうして彼は二週間、ゴスモア通りにある、「慰め《サーヴ》」と名付けられた優雅な家で過ごすことになった。

クーニス家の一人娘の名前はヴァンナといった。ロベールとほぼ同い年だろう。ロベールに贈られた写真からすると、ヴァンナは美しい娘だった。利発そうな目に、形のいい唇。短く切った髪。見るからに上品な女の子だ。白いブラウスを着て、真珠のネックレスをしている。洗練された女性。眼差しは知的で、力強い。誰もが恋に落ちてしまいそうな女の子だ。

それがまさにロベールの身に起こった。彼はヘルマンにも手紙でそのことを伝え、イギリスへの旅行で人生が変わった、ヴァンナのことが頭から離れない、と書いた。「窓際にいる彼女の、ガラスに添えられたあの繊細な手。彼女の青い瞳に射し込む太陽の光」。ロベールは彼女を飽きることなく見つめていたが、それ以上の行動を起こすことはなかった。ヴァンナはロベールほどロマンチックな人間ではなかった。二人で一緒に、とくに文学について話すのは楽しかった。彼女は読書家で、大学では文学を専攻するつもりでいた。しかし、ヴァンナの考えはそれに留まらなかった。彼女の関心はもっと広い世界に向けられていた。

ある日の明け方、ロベールが部屋で寝ていると、ヴァンナが外から口笛で合図する。ロベールが窓に近寄ると、そこにはヴァンナが、バイクに跨がって待っている。

「あなたも来る?」

ロベールはバイクに乗ったことがない。初めはそのことが恥ずかしくて躊躇うが、すぐに同意する。

「わたしの腰にしっかり摑まって!」

ロベールがそのほっそりとした腰を摑むやいなや、ヴァンナは彼を乗せてイギリスの曲がりくねった道を走り出す。風に彼女のブラウスが翻る。ロベールは手の内に彼女の腰を感じる。彼女を傷つけるのを怖れるかのように、摑まった手は遠慮がちだ。それに対し、ヴァンナのほうは落ち着き払っていて、バイクを身体と一緒に片側へ、その後反対側へと傾けては、迷いも見せずカーブを通過していく。ヴァンナの巧みな運転にロベールは舌を巻く。そして尊敬の念を抱く。

ロベールがヘルマンに書いた手紙にはすぐに返事があった。「とんでもない、ヴァンナは僕のものだからな」。ヘルマンもその前の年、すっかり恋に落ちて、彼女をものにしたいと思っていたのだった。

しかし、ヴァンナはどちらのものでもなかった。二人のいずれにもイエスとは言わなかった。彼女はイギリス人の青年と結婚した。そして一九四〇年、ロベールに送られた手紙からは、夫がイギリス兵として第二次世界大戦の前線にいたことがわかる。

その後のヴァンナの消息は不明だ。

その二週間が終わりに近づいたころ、ヴァンナはロベールに一冊の本を贈った。マシュー・アーノルド著『批評論集』。ニューヨーク、マクミラン社刊。英語の献辞が添えられている。「古い本だけど大好きなので、あなたも読めば気に入るかと思って。心を込めて。ヴァンナより」。そして、以下の箇所に下線が引かれている。「人類は今後ますます、人生を解釈し、慰めと生きる意味を見いだすためには、詩に向かわなければならないことを発見するようになるだろう。詩がなければ我々の科学は不完全なものとなるであろう」

ヴァンナが強調したその文章について、ロベールは帰路の船に乗り、波を見つめながら考えていた。ヴァンナはそれで何を伝えようとしたのだろう？　本当に詩のことを言っているのか、それともロベールの冷淡で厳格すぎる態度をほのめかしているのだろうか？　ロベールはヒッチンで過ごした日々が忘れられなかった。ヴァンナはそれほどまでに彼を惑わせたので、イギリスから戻ってきても、ロベールの心はまだ向こうにあって、身体だけ帰ってきてしまったかのようだった。少なくともヘルマンは、当時を回想してそう書いている。

日曜の午後、ロベールはいつものようにヘルマンと映画館に行く。あまりよく考えずに、アクション映画を観る。上映が終わると、〈デン・アンケル〉というカフェに喉を潤しに行く。

「あの冒険劇には興奮したな」とヘルマンが後ろに身を投げ出して言う。「僕はリキュールにする、カルヴァドス」

「僕はそういう派手なのはいらない。ただの紅茶にするよ。イギリスで飲んでいたみたいな」とロベールはどこか謎めいた様子で言う。

「可哀想に、まあそのうち収まるだろう」とヘルマンは内心思う。

するとウェイターがもってきたのは、銀のティースプーンとミルクポット、そして磁器の優雅なティーセットだった。

「若旦那はただの紅茶だとさ。これがリキュールより安いわけないよな」とヘルマンは茶化す。「俺も気取り屋かもしれないが、お前はその上をいってるよ」

日曜は映画館へ。エミール・ヤニングスの冒険映画、ノーマ・タルマッジが主演する『椿姫』、アリス・テリーの『恋人』。無声映画の黄金時代だった。エミール・ヤニングスは当時の大スターで、数多くの作品の主役を務めたが、トーキーの登場に適応できず、時代に取り残された。彼は声で演技することができなかった。さらに、第二次世界大戦でナチを支持したのが周知の事実となったため、その後は仕事がまったく来なくなった。

映画に行くと必ず、ロベールはエンドロールが終わる前に席を立った。劇場を出るのはいつも最初だった。映画が終わりそうだと気づくとすぐに外へ出た。ヘルマンはというと、最後の最後まで、明かりがともって観客が全員出ていってしまうまで待っているのが好きだった。結末に満足したときは、余韻を引き延ばそうとするかのように物思いに耽った。結末に満足できなかったときは、座席から動かない理由はまた別で、映画にもう一度チャンスを与えたいとでもいうかのようだった。いずれにせよ、ロベールは外で、煙草のけむりで螺旋を描きながら待ち続けていた。

# 5

疎開児童を引き取った別の家族に、アリーヌの一家がいた。アリーヌは一風変わった女性で、勇猛果敢な、ヘントの進歩主義者たちのあいだで一目置かれる存在だった。

ロベールとアリーヌは長年の付き合いだった。革命を信奉するヌーディストだった彼女は二人の子持ちだったが、ハバナ号がやってくることを知ると、三人目の子供を迎えることにした。ビルバオ出身のグラシアーノ・デル・リオだ。グラシアーノは、その流浪の人生をメキシコで終えることになる。第二次世界大戦の勃発にともない、ヘントを離れて大西洋の反対側に逃れなければならなくなったからで、その後はずっとメキシコに暮らした。

ロベールとアリーヌは、週末になると子供たち全員を連れ、キャンプ用テントを担いで山に行った。カルメンチュとグラシアーノは、そうしてよく顔を合わせるうちに遊び友達になった。

「ねえ、カルメンチュ」とグラシアーノがテントのなかで遊んでいるときに言う。「アリーヌって、家では裸なんだよ」

「服も着ないで?」カルメンチュは信じられずに訊く。

「そう、素っ裸。僕たちも裸になろうか?」と少年は無邪気に言う。

「まあ、何を言うの!」カルメンチュはびっくりするやら気持ち悪いやらで、テントから逃げ出してしまう。

　ロベールの両親は、アリーヌのそういう進んだ習慣をよく思わなかった。「なんて変人だろう」と母親がアリーヌのヌーディズムについて言うのを、ロベールは一度ならず耳にしていた。カルメンチュがそんな人たちと付き合うこともロベールの両親は快く思わなかったが、ロベールはアリーヌと会うのが楽しかったので、まったく意に介さなかった。彼女は強烈な個性の持ち主で、かなり常軌を逸してはいたが生命力に満ち溢れていたし、カルメンチュもグラシアーノとはとても仲がいいようだった。それなら、どうして友情に障壁を設ける必要があるだろう?

　キャンプをして過ごしたその夏の日々、ロベール、アリーヌと子供たちは山道を歩きながら、スペイン共和国で親しまれていた歌を合唱するのに合わせて行進した。一列になって進む、役立たずだが善良な兵士たちの軍団だ。「バリケード《ア・ラス・バリカーダス》へ、バリケード《ア・ラス・バリカーダス》へ、連合《ポル・エル・》の勝利のために《トリウンフォ・デ・ラ・コンフェデラシオン》」。そうして気がつけば、あっという間に頂上に着いているのだった。

二〇一一年十一月、ロベール・ムシェの娘カルメンが、僕に父親の蔵書を見せてくれた。カルメンは、ヘント郊外の町ロークリスティにある自宅にそれらの本をすべて集め、父が残した蔵書を保管、整理するためにひと部屋を充てていた。ロークリスティの家は、百年以上昔からカルメンの夫の一族のものだった。二十世紀初頭に建てられ、かつては町医者の住居に使われていた。ある時期は一階にビヤホールが入っていたこともある。マルクは引退した経済学者で、教養のある感じのいい人だ。小雨が降っているので、僕たちは車から下りると走って玄関に向かう。

玄関には、子供用の小さな黒板に書かれたラテン語の格言が掲げてある。「汝が持つものでなく《ノン・ウォビス》、汝自身であること《セッド・ウォス》」。イギリスに旅行したとき、ある神父の家の戸口に彫られているのを目にして以来ずっとモットーにしてきたという。居間に入る。高い窓、美しい鏡が並び、グランドピアノが置かれている。仕事に取りかかる前に、僕たちはそこでコーヒーを飲む。

「この家は二人で住むには広すぎて、寒々しいんだ」とマルクは言う。「昔は大所帯だったが、今は違う。ここを処分して、ヘントの中心部にアパートを借りようかと何度も考えたよ。二人暮らしにちょうどいい、運河に面したところを。しかし、祖父が建てた家だから処分するに忍びなくて」

その後、夫婦は上の階の、ロベール・ムシェの蔵書がある場所へ僕を案内する。

「ごゆっくりどうぞ、わたしは隣の部屋にいます」とカルメンが言う。「本というのは一人きりで見るものだと思いますから」

彼女は今、父の書類を整理している。いくつもの箱に入れて保管された手紙、写真、さまざまな文書。僕は書棚に目を走らせ、蔵書の規模に圧倒される。ロベール・ムシェが若い頃に買い集めた本がそこにあった。フラマン語（ベルギー北部フランドル地方で話されるオランダ語）、フランス語、英語、ドイツ語、そしてスペイン語の本。詩集、小説、思想書、歴史書。バスク地方について書かれた本も思いがけず見つけた。ペドロ・バサルドゥア著『バスクの苦難』。バスク自治政府がスペイン内戦中の一九三七年、プロパガンダの目的で刊行したものだ。そこに記されたさまざまな事柄に混じって、ラウアシェタの詩が引用されている。

鳩は怯えて飛び去り
山は静まりかえる

精悍な十人の若者が
命を失って地面に！

（イカラス・ドゥアス・ウシュアク
メンディヤ・ダゴ・イシリエアン
アマル・ガステレン・レルデナ
ビシツァ・バリク・ルレアン！）

詩には脚注が付いていて、詩人ラウアシェタがいかにしてビトリア（バスクの中心都市のひとつ）の墓地でフランコ派の兵士に銃殺されたかが説明されている。

バートランド・ラッセル、ジョージ・オーウェル、ロバート・ルイス・スティーヴンソン、ハーマン・メルヴィル、ヨハン・ヴォルフガング・フォン・ゲーテ、フリードリヒ・シラー、ミゲル・デ・ウナムノ、ミシェル・ド・モンテーニュ、ウィレム・クロース（オランダの詩人）、ピオ・バロハ、カーレル・ヴァン・デ・ウーステイネ（ベルギー象徴主義の詩人、フラマン語で執筆した）、ミゲル・デ・セルバンテス、フェデリコ・ガルシア・ロルカなど、ロベールの蔵書は見事なものだった。だが、ある写真集が僕の注意を引く。『第一次世界大戦の禁じられた写真』。ドイツ軍が撮影した秘密の人物写真だ。絞首台と死刑囚、強姦された女たち、道端に打ち捨てられた子供の死体。その隣にあったロバート・グレーヴスの回想録『さらば古きものよ』を書棚から取り出す。グレーヴスは、ウェールズ連隊で第一次世界大戦に従軍した。フランスに送られ、塹壕戦を戦った。そこで、作家のシーグフリード・サスーンやトマス・ハーディらと一緒になった。イギリスの作家のなかでもおそらく最高の世代が、その未曾有の戦火のなかで出会ったのだ。グレーヴスは笑いを誘う出来事も、苛酷な悲惨きわまる出来事も語っている。毒ガスが使用されるようになったのはちょうどその頃だった。最初はドイツ軍、次いでイギリス軍が使い始めた。塩素ガス。それを吸った者は肺の内側から出血し、耐えがたい痛みののち窒息死した。作家たちは、西欧文明の守護者であったはずのイギリスの軍隊までもがそのような残酷な手段を用いることが許せなかった。

グレーヴスの本に目を通していて、シーグフリード・サスーンについて書かれた箇所を見つける。戦闘の始まる数時間前になると、配下の兵士たちを森に連れていき、祖国と女王について演説する代わりに、雑誌の笑える文章を読み聞かせたこと。またあるときは、前線に配属中、とびきり美しいが性格の荒い、黒い雌馬を手なずけようとしたこと。彼は雌馬に跨ると、高い柵のあるところへ連れていき、それを飛び越えさせようとしたらしい。柵の高さは一・八メートルはあっただろう。雌馬は柵に近づいたものの、その前で立ち止まってしまった。二度目に同じ場所に連れていくと、またしても立ち止まってしまう。しかしシーグフリードは怒らず、雌馬を鞭で打つこともしない。忍耐強くもう一度、またもう一度と挑戦し、ついに雌馬を柵の向こう側へ行かせるのに成功したという。

シーグフリード・サスーンは、「戦争とともに終わった――ある兵士の声明文」と題した公開書簡を書き、そのなかで指導者たちの無能さや欺瞞を告発して、本当に苦しんでいるのは塹壕の兵士たちであり、彼らは何のためにそこにいるかもよくわからぬまま戦っているのだと論じたことで有名になった。グレーヴスは著書のなかでその書簡を全文引用しているが、書簡の内容ではなく、サスーンにそれを書くよう仕向けながら自分たちは悠々と安楽椅子でくつろいでいた平和主義の知識人たちに対し、批判的な態度を取っている。サスーンはその書簡を書いたために大きな代償を払うことになった。軍の処罰を受けたが、グレーヴスによればサスーンの身体は衰弱し、刑務所での生活に耐えられる状態ではなかった。彼の行為はそこまでの代償を払うべきものではなかった。グレーヴスは、思想や信条を超えたところで友を見つめていた。

カルメン・ムシェにこれら二冊の本のことと、第一次世界大戦がロベールに及ぼした影響について尋ねてみる。カルメンは古い封筒から一枚の写真を取り出す。「胸元をよく見てごらんなさい」。ロベールは、ライフル銃をへし折る二本の手を図案化した記章を上着につけていた。カルメンによれば、その時代の多くの人と同様、ロベールも若くして反戦連盟に加わり、当時はその記章をけっして外そうとしなかったという。大戦はフランドルの人々の心に暗い跡を残した。三度にわたった血なまぐさいイーペルの戦いは、戦争に対する苦々しい感情を植えつけた。それらの戦いで命を落とした人は数千名にのぼった。

兵役の義務を果したときも、ヘントで済ませることができたにもかかわらず、ロベールにとっては辛い経験だった。肺炎に罹ってベーヴェルローの軍病院に一時入院したとき、彼はヘルマンに書いた手紙のなかで、ここは悪くないが、ワロン人（ベルギー南部ワロン地方の人々。フランス語話者）兵士たちと付き合うのが苦手だと漏らした。互いに敵意や憎しみを抱いているわけではないが、彼らといると落ち着かないというのだ。当時、ベルギーではフランス語が教養語で、フラマン語は労働者の言葉だった。そのため、労働者組合の機関紙はフラマン語で書かれ、左派知識人の多くは、ナショナリストでなくともフラマン語を擁護する立場を取った。ロベールがベーヴェルローの軍病院に入院したのは、嵐の吹き荒れる午後に森を歩き回り、肺炎に罹ったからだった。彼は嵐の日を愛し、雨と冷気が顔に当たる感触を好んだ。

ルードヴィヒ・ヴァン・ベートーヴェンのように。作曲に没頭しているあいだ、かの巨匠は散歩に出かけるのを好み、雨降りならば、考えがひらめくのでなおのことよかった。晩年、もはや耳が聴こえなくなっていたベートーヴェンは、野原から野原へ、歌いながら歩いていた。あるとき、牛に軛《くびき》をかけようとしていたある農夫が苦情を言い立てたことがあった。両腕を宙に振り回している男の姿を見て、牛たちが驚いてしまったのだ。軛を振りほどき、山の斜面を登って逃げてしまった。農夫は大声で責め立てたが、ベートーヴェンは気づきもしなかった。数日後、その地の農夫たちは、両腕を宙に振り回し、歌いながら野原を歩き回っていたあの狂人が何者か知って安堵し、その後は気にかけなくなった。牛たちも同様だった。頭を少し持ち上げ、狂人を一目見やると、そのまま草を食み続けた。

入院中、ロベールはある不快な場面に居合わせ、それについてヘルマンに書き送った。二日前の夜、コウモリが病室に入ってきて、どこかに姿を隠してしまった。そして、暗くなると部屋の天井をぐるぐると飛び始めた。最初の夜は兵士たちも我慢したが、二日目には怒りを爆発させ、コウモリを捕まえにかかった。兵士たちは帽子を丸め、まるでボールのようにしてその小動物めがけて投げつけた。コウモリは人間たちの攻撃に耐えに耐え、飛んでくる帽子のボールから逃げ回った。そうして二時間ものあいだ、頭に血がのぼった兵士たちは怒鳴り散らしながら帽子を投げ続けた。

ロベールはその状況が我慢ならなかった。もうやめてくれないか、そいつをそっとしておいてくれと頼んだ。だが無駄だった。若者たちは何としてでもコウモリをやっつけてしまいたかった。そうこうするうち、コウモリはあまりに長く飛び続けたので疲れ切ってしまい、床にとまった。兵士たちは万歳の声を上げた。しかし、仲間の一人が捕まえに行ったそのとき、いったい何の騒ぎかと不審に思った病院の警備員が部屋に入ってきた。

警備員はコウモリを保護すると檻に入れ、あくる日の夕暮れに、深い闇のなかを自由に飛び回れるよう放してやった。

カルメンが自室から僕を呼び、父の書類のなかから何か見つけたという。スペイン共和国旗と同じ三色の腕章。ロベールがカタルーニャ戦線で身につけていたものだ。のちに毎週日曜日、疎開児童のために授業をしていたときも。

「まったく驚きだわ！　お母さんは何もかも大事に取っておいたのね」

# 6

一九三八年五月三十一日、グラヌリェルス。ロベールがそこに到着したのはたった二日前のことだ。午前九時ちょうど、飛行機の音が聞こえる。九時五分、町は破壊されたあとだ。イタリア軍の爆撃機サヴォイア・マルケッティS79は、たった一度上空を通過しただけで、辺り一面を火の海に変えた。ほんの一分の出来事で、地震の揺れほどのあっという間に、虐殺の瞬間は訪れた。

ロベールは路上で空襲に遭う。気がついたときには、周りのものすべてが崩壊している。足下には地面、頭上には空。目の前の家で、瓦礫のなか、石材や木の板や鉄くずの下から誰かの声がする。帽子、割れた食器、ひびの入った古時計をよけ、どこにいるのか手がかりを見つけようとする。呻き声を聞きながら、ロベールはその人を救い出そうと探し回るが、なすすべがない。すると突然、轟音、通りの喧騒、救助隊、救急車、警察。左右を駆けていく人々。ほかのあらゆる騒音を貫いて、ロベールに聞こえるのはあの瓦礫の下に閉じ込められた男の呻き声だけだ。

ふと声が止み、ゴボゴボと喉の鳴る音がして、男は吸い込んだ埃で窒息しかけている。そして、沈黙。「死んでしまった」。目の前で人が死んだのに、僕は身動きもしなかった」。ロベールは苦痛、痛みを全身で感じる。そして、嫌悪感。僕はこの路上で何をしているのだ？　なぜ木の板一枚すら取り除いてやらなかった？　なぜこの僕は自由に手足を動かせて、瓦礫のなかにいる彼はそうでないのだ？

ロベールは自分の無力さを思い知る。人が死ぬのをそれほど近くで目撃したのは初めてのことだった。あの人を救うために、自分に何かできることはなかったのか？　兵役中に見たあのコウモリをロベールは思い出す。コウモリは、最後には運良く病院の警備員に救われ、命拾いした。だが、そのときも自分は何もしなかった。ただ傍観して、躊躇いがちな言葉をいくつか口にしただけだ。あの血迷った五人の兵士たちに立ち向かおうとはしなかった。そして今、グラヌリェルスで、市民を標的とした未曽有の大空襲のひとつに居合わせながら、助けを求めていたあの人を救うことができなかった。たった一分のあいだに二百二十四名が死亡、百六十一名が負傷。彼は爆撃機を呪う。必ずや誰かがこの犯罪の報いを受けねばならない。

それから数年後、父親を亡くしたときも、ロベールは同じ感情を抱くことになる。父は二十年ものあいだ闘病生活を送った。工場で事故に遭ってからの二十年間。呼吸もままならなかった二十年間。あの気丈な人、かつては力強く逞しかった父が、最期の日々は小鳥のようにか弱い姿になり果てた。そうして少しずつ、父の命の灯火が消えていくのをロベールは目の当たりにした。ある日、喉を引きつらせたかと思うと、永遠に呼吸が止まってしまうまで。「普通の暮らしだったら、もっと長生きしたことだろう」と、ロベールはヘルマンに宛てて書いた。しかし、父は苛酷な生活と労働条件を耐え忍ばなければならなかった。

父の冷たい手を握ったとき、ロベールは自分自身にこう誓った。「この死が無駄にならぬように、このようなことがもう二度と起こらぬように」。グラヌリェルスで、路上にひざまずき、拳を固く握りしめて空を見つめながら思ったのと同じように。

王立劇場。一九三八年二月二十二日。照明が落とされる。ロベールとカルメンチュは並んで座っている。幕が上がる。エレショインカの公演。バスク地方の歌や踊りが披露されるのだ。劇場は超満員。疎開児童たちが、めいめいの里親とともに勢揃いしている。ステージにダンサーたちが登場する。最初に踊るのはカシャランカと呼ばれる、レケイティオの村に伝わる漁師たちの踊りだ。聖ペテロの日の習わしで、漁業組合の書類が収められた大箱の上で踊られる。青いシャツとチェック柄のスカーフを見て、カルメンチュはサントゥルツィ港を思い出す。そして八歳の子供の頭で、いったいどうやったら、あんな狭いところで飛んだり跳ねたりして、つまずいて足を踏み外さずにいられるのかしら、と思う。箱の上で舞い踊る男性の足下を見つめ、絶えず揺れ動く箱を支えている下のダンサーたちの疲れた表情を気にしながら、不安な気持ちで踊りを見守る。今にも上のダンサーが落ちてしまうのではないかと、その瞬間を怖れつつも待ちわびながら。さまざまな踊りのなかで、カルメンチュはカシャランカと剣の舞い《エスパタ・ダンツァ》が気に入り、とくにこの二つ目の踊りで、劇団最年少の男の子がダンサーたちに担ぎ上げられる瞬間、劇場の照明で剣がまぶしくきらめくなか、年長のダンサーたちがその少年を恭しく掲げる様子に心奪われる。

公演の中盤で、合唱団はある子守唄を歌う。

小さな赤ちゃんはゆりかごで
白いおくるみのなか
良い子にして寝なければ
大きな犬がやってくる

おばあちゃんが、ねえ坊や
さあさ、お眠りよ
お願いよ、ねえ坊や
早くお眠りよ

（アウルチョ・チキア・シェアスカン・ダゴ
サピ・スリタン・チット・ベロ
チャクル・アンディア・エトリコ・ダ
スク・エス・バドゥス・エギテン・ロ

アモナク・ディオ、エネ・ポチョロ
アレン・エギン・バ、ロ、ロ
オレガティク・バ、エネ・ポチョロ
エギン・アグド・ロ、ロ）

「小さな赤ちゃん《アウルチョ・チキア》」というその歌は、メロディに関して言えば、もっとも美しい子守唄のうちに数えられるだろう。だが、その美しさの背後には、ある脅しが隠されている。幼な子は暖かな白い布に包まれている。ところが三行目から四行目にかけて脅しが入り、眠らなければ大きな犬がやってくるという。フェデリコ・ガルシア・ロルカはかつてある講演で、バスクの子守唄が喚起するイメージはあまり恐ろしいものでなく、詩的だと語ったことがあるが、それは一〇〇パーセント真実ではないと僕は思う。たとえば、「眠れ《ロア》、眠れ《ロア》」という子守唄は、「家の父さんはお金持ち《アイタ・グレアク・ディル・アスコ・ドゥ》、母さんを道で売って《アマ・ビデアン・シャルドゥタ》」、あるいは別のヴァージョンでは、「君の父さんは酒場にいる《アイタ・スレア・タベルナン・ダ》、母さんを家に置いて《アマ・エチェアン・ウツィタ》」という歌詞だ。子守歌を聴いているうちに、カルメンチュは大きな犬に捕まってしまったらしく、ロベールが気づいたときには眠っていて、最後の拍手喝采まで目を覚まさない。

ロベール・ムシェはその夜劇場で配られたパンフレットを保管していて、そこに踊りや歌の演目、出演者の名前といった情報がすべて記載されている。「アウルチョ・チキア」をインターネットで検索してみると、エレショインカの当時の録音が見つかった。歌っているのはペピータ・エンビル。それを聴いて僕は鳥肌が立った。ペピータ・エンビルはテノール歌手プラシド・ドミンゴの母で、バスクの風俗や文化を紹介するためにその劇団でヨーロッパ各地を回った。巡業にはオペラ歌手のルイス・マリアノも参加した。文化外交団のようなものだったのだ。バスク自治政府高官だったマヌ・デ・ラ・ソタの指揮の下、数多くのアーティスト、踊り手や歌手が、エレショインカの活動のために集まった。画家アントニオ・ゲサラによる舞台芸術の写真があしらわれたその美しいパンフレットによれば、ヘント公演ではブリュッセル交響楽団がエレショインカの伴奏を務めた。

僕はその巡業の写真もネット上で見つけた。劇団のメンバーが二十人以上、運河に架かった橋の上で写真を撮っている。全員がコートを着込み、二月の冬の寒さが表情からも窺える。水面には霧が立ちこめている。別の写真には、チョコレート店のショーウィンドウに貼られた公演のポスターが写っている。

一九三七年、ロベールは、シント・ニーヴェンス通りで毎週日曜行なっていた疎開児童のための授業で使う、書き取り用のノートを準備した。バスクの子供たちは、彼ら同士の、そして故郷との絆が完全に断たれてしまうことのないよう、週に一度は全員で集まることになっていた。ロベールはスペイン語の授業の担当だった。そのノートには、彼の蔵書にある作家たちの文章があちこちから引用されている。ロベールはお気に入りの作家の本を開いては、文章を書き写した。作家のリストは長く、モンテスキュー、ゲーテ、ヴィクトル・ユーゴー、ゾラ、シラー、トルストイ、ヒューム、カーライル、アウエルバッハなどの考察が書き留められている。ノートは小ぶりで、学生がよく使っていた方眼紙のものだ。

ページをめくっていくうち、サッフォーの三つの文章が目に留まる。

「憎しみを前にして、沈黙に勝るものはない」

その下には、

「美しい人は誰かに見られているときだけ美しいが、賢い人は誰に見られていなくとも美しい」

そして最後に、

「死が善きものならば、神が不死であるはずがなかろう」

# 7

僕たちはある封筒のなかに、動物園への遠足の写真を見つけた。毎週日曜の授業に来ていた子供たちとともにロベールの姿がある。

カルメン・ムシェにどこの動物園だろうかと尋ねてみるが、彼女はわからないと言う。夫のマルクは写真を手に取ると、すぐに疑問を晴らしてくれた。

「アントワープ動物園だね」

「なぜわかるんですか？」

「エジプト風の装飾が見えるだろう」

写真に日付はないが、服装からすると春に撮られたものだろう。一九三八年の春。アントワープ動物園で、ライオン、猿、アザラシを見つめる子供たち。動物たちを見終わったあと、彼らは出口に空っぽの檻があるのに気づいた。檻のなかには一枚の鏡。そして、鏡の上にはこの一文があった。「人間、もっとも悪しき動物」

家ではアウグストおじいさんが待っていた。カルメンチュが動物園から帰ってきたら食べるようにと、フライドポテトが山ほど用意してあった。これでもかという量のじゃがいもを揚げ、オーブンに入れておいたのだ。しかし、カルメンチュには別の予定があり、夕食の時間には戻らなかった。グラシアーノと外で遊んでいて、家に帰るのが遅くなってしまったのだ。

ロベールが遠足から帰ってくると、アウグストは、カルメンチュはどうしたのかと尋ねる。

「お腹は空いていないみたいだ」とロベールは答える。「グラシアーノと外で遊んでくると言っていたよ」

カルメンチュが帰宅すると、おじいさんはオーブンを開けてフライドポテトを見せる。何キロものじゃがいも、美味しそうなじゃがいもが艶々と輝いているが、もう冷めてしまっている。カルメンチュは、おじいさんをがっかりさせたくなくて平らげようとするが、とても食べきれない。四分の一ほど食べたところで降参してしまう。そして眠りにつく。

ロベールは子供たちをシント・バーフス大聖堂へ、フランドル絵画の最高傑作を見せに連れていく。《神秘の子羊の礼拝》、あるいは《ヘントの祭壇画》と呼ばれるものだ。ヒューベルトとヤンのヴァン・エイク兄弟によって一四三二年春に完成させられた。木製のパネルに描かれた油彩画だ。作品全体を構想したのはヒューベルトで、ラテン語で書かれた銘文にもそう記されている。「誰一人として凌ぐ者のない《マイオル・クオ・ネモ・レペルトゥス》画家ヒューベルトゥス・エ・エイク」。しかし、ヒューベルトは完成の五年前に亡くなったため、絵画を完成させることになったのは弟のヤンだった。祭壇画は、シント・バーフス大聖堂の身廊の左側にある、ヨース・ヴェイトとリスベット・ボルルート夫妻の名を冠した礼拝堂に置かれていた。

「無数のディテールによって構築された作品なんだ。世界中の国や地域、民族が表現されていて、同じ顔はどれひとつとしてない。背景にはヘントの街並み、大邸宅やお城が描かれている。お城の窓から誰かが顔を覗かせているのが見えるだろう。植物だって偶然そこに描かれているわけじゃない、ヨーロッパだけでなくアジアの花や木もあるんだよ」

子供たちはロベールの説明にじっと耳を傾ける。

「今度はその上の天使たちを見てごらん。歌っているのがわかるだろう。画家たちがうんと細かいところまで注意して描いたものだから、専門家によれば、天使たちの口の動きをしっかり観察すれば、どの音程で歌っているか、さらにはどの歌を合唱しているかもわかるそうだ」

「ぼく、何の歌かわかるよ」とグラシアーノが言う。

生徒たちは一斉に笑い出す。

「静かに」とロベールは叱る。「じゃあ、何の歌かい？」

「ア・ラス・バリカーダス、ア・ラス・バリカーダス……」とグラシアーノは歌い始める。

カルメンチュは口をぽかんと開けて天使の衣を見つめている。なんてきれいなガウンだろう、ビロードで、金や宝石の縁飾りがついていて。左側でオルガンを弾いている天使が目に留まる。それまでに見たことのある天使のような、幼い子供ではまったくない。十代のようだ。そして羽織っている長いガウンには、金の布地に黒い模様が入っていて、花びらが五枚ある花の絵柄があしらわれ、完璧な幾何学的調和をなしている。

「カルメンチュ、早くおいで、迷子になってしまうよ！」とロベールが戸口から大声で呼ぶ。

「今行きます、今」

一九三八年五月一日。疎開児童たちが勢揃いし、大きなプラカードを持ってデモの先頭を行く。「ファシズムがスペインの子供一万人を殺害した」。その写真は、社会主義新聞ヴォーライトの一面に掲載された。片隅には子供たちを引率するロベール・ムシェの姿がある。デモ隊は、コーレンマルクト広場からベルフォルトの塔の辺りまで、自転車競技の選手たちが走るのと同じコースを進む。
スペイン内戦では状況が悪化しつつあり、国際情勢もまた緊迫の一途をたどっていた。ヨーロッパの作家や思想家の多くは団結して、スペイン共和国との連帯を表明した。デモが終わって数日後、ロベール自身もヴォーライト紙に派遣されて、カタルーニャ地方に向かった。そして東部戦線のニュースを現地から伝えた。
スペイン共和国発行の書類に記載された日付は五月二十九日となっている。彼が入手できたのはたった二週間の滞在許可だった。

国防省
ヴォーライト紙の特派員ロベール・ムシェ氏に、東部戦線を訪問することをここに許可する。
本許可証の有効期間は十五日間である。

一九三八年五月二十九日、バルセロナ

ロベールがスペイン内戦を取材した時期は闇に包まれている。その二週間の旅が、彼がスペインに行った唯一の機会だったかどうかは定かでない。滞在許可を延長したのかどうかを知るすべもない。忘却の穴のように、多くの情報が欠けている。はっきりしているのは、グラヌリェルスにいたということ、〈フォンダ・エウロパ〉という宿に泊まり、そこに集まっていた外国人記者たちと戦況について議論を交わしたということだ。彼の娘の話から、アーネスト・ヘミングウェイやアンドレ・マルローと何らかの交流があったこともわかっている。ヘミングウェイから送られてきた手紙が何通かあったらしいが、残念なことに、引っ越しで行方不明になってしまった。カルメンによれば母がうっかりしていたためとのことだが、手紙の入っていたトランクは永遠に失われてしまった。

いずれにせよ、アルトゥーロ・ソウトとビクトリオ・マチョという芸術家たちと、ヘミングウェイよりも親しい関係にあったことは確かだ。この二人は画家と彫刻家で、スペイン共和国の大義を信奉していた。彼らと深い友情で結ばれたロベールは、一九三九年、ブリュッセルでアルトゥーロ・ソウトの展覧会を開催する手助けをした。その展覧会のオープニングで撮られた写真は現存している。さらに、ロベールの書庫にはアルトゥーロ・ソウトから贈られた絵が何枚かある。鉛筆描きの白黒のスケッチだ。スペイン治安警察が農民たちを銃殺する場面が描かれ、道端で死んでいったあの幾千もの人々についての物悲しい作品となっている。

グラヌリェルスに行ったことで、ロベールは真の意味で新しい世界を発見した。全体主義に抗して闘う人々の世界、民衆の世界、そして芸術家たちの世界。創造するだけでは足りない、芸術家は創造するばかりでなく、解放しなければならなかった。自分自身を、そして周囲の人々を。ロベールはカタルーニャから多くのルポルタージュを送り、なかでもフェデリコ・ガルシア・ロルカについて書いた長い記事は、ヘントの読者のあいだで特別な関心を集めた。

彼はすぐに、現実は多様だということに気づいた。それまで聞いたこともなかったいくつもの言語に出会った。カタルーニャ語、バスク語、ガリシア語。ガリシア人作家カステラオの著作と、全篇カタルーニャ語で書かれた素晴らしい小説や詩集の数々を持ち帰った。さらに、バスク語の歴史にも触れ、この小さな言語がいかにして何千年ものあいだ生き延びたかを知った。ヴォーライト紙に掲載するつもりで持ち帰った数百に及ぶ写真のなかに、バスク自治州首班アギーレが写ったものが一枚あった。もしかしたら、ロベールは彼について書こうと考えていたのかもしれない。だが、僕はその証拠を見つけることはできなかった。

# 8

ヘルマンの十七歳の誕生日、一九二九年九月二日に、ロベールは一冊の本を贈る。アナトール・フランスの『紫水晶の指輪』。そしてお祝いの言葉とともに、次のように書く。

「今日君は誕生日を迎える、そのことで僕は幸せな気持ちだ。けれども、君はこれでもう一歩、人生が無情にも僕たちを引き離す日に近づいた。

いつの日か、君はこの本を手に取ることになるかもしれない。しかしそれは、文学作品としての美しさに惹かれてではなく、記憶を蘇らせるため、かつて本を贈ってくれたあの旧友を思い出そうとしてのことだろう。

だとすれば、この贈り物が将来、君が忘れていた物事を心の奥底に見いだす助けとなることを願う」

ヘルマンはこれを読むと、とんでもない、そんな悲しいことは考えないでくれ、僕たちが喧嘩別れなんてするはずがないじゃないか、と言う。僕たちはずっと一緒だ。二人の友情は何があっても決して変わらないのだから、と。

絶交は突如として起こるものでなく、大概は、長い時間をかけて生じつつあった傷が口を開いてしまったことによる。地震のように、地中のプレートがひそかに押し合っているうち、ついにある瞬間、地表にひび割れが起きるのだ。絶交の動機、その真の理由も、しばらく時間が経ってからでなければよくわからない。その地震を引き起こしてしまった原因がただひとつ――たった一度のすれ違い、たった一度の諍い――であることも稀だ。さらには、年月を経るにつれ、あれほど傷つけられたはずの原因はおぼろげになっていき、大聖堂の正面のゴシック彫刻のように角が取れ、かつてほどの痛みを感じさせなくなる。

友達は急に仲違いするわけでなく、それぞれの人生が異なる方向へ進んでいくために、その相反する力が、使い古しの布を左右に引っ張ったときのように、友情を壊してしまう。そして当の本人は、かつてあれほど近しかった人がのちにまったく遠い存在になってしまうということ、以前はあれほど仲のよかった二人が、まるで不器用な恋人たちのように、容赦ない怒りに任せて相手に酷い仕打ちをするということが、いったいなぜ起こりうるのかと思うのだ。

ヘルマンがロベールに対し、あれほど悪意に満ちた行動を取った動機は何だったのか？なぜ、ロベールのごく私的な事柄を人前に晒し、彼の面目を潰そうとしたのか？　ヘルマンは自分に理があると、自分はロベールより上だと思っていたのだろうか？　充分に愛されていると感じられなかったのか、それとも、二人の友情はもう過去のもの、過去に置き去りにすべきものと考えたのか？　答えは誰にもわからない。おそらくはよくあるように、理由はひとつだけではなかったのだろう。

決別する少し前に二人が交わした会話には、どこか穏やかならざるところがあった。最初の頃とは違って、もはや視線を交わしただけで気持ちが通じ合うことはなかった。二人が物質と精神について議論していたときのことだ。物質と精神の対立。ロベールはその点ではプラトン主義者で、物質と精神は二つの分離したものだった。

「古代ローマ人は、君も知ってのとおり、魂をアニマと呼んでいた。つまり、物事を動かし、生ける者に命を与えるものということだ。その力がなければ、ヘルマン、僕らは人間として意味をもたないんだよ」

「クリスチャンでもないのに、そんなに精神を擁護するなんて驚きだな、ロベール。精神は物質がなければ存在できない。人間はその両方だ。科学が証明しているじゃないか」

エミール・ゾラの『夢』という小説についても、二人は意見が合わなかった。ロベールは、九歳の孤児を家に引き取る刺繡職人の夫婦の物語が気に入った。ある冬の夜、教会の入り口でその夫婦に発見された少女は、彼らの家でおとぎ話を聞き、聖人伝を読んで育つ。少女は自分の人生もきっとそんなふうに違いないと信じ込み、やがて結婚式の当日に死を迎える。アンジェリックという名のその娘は、自分が死ぬ日まで、善を見いだしたいという願望を決して手放さなかった。

「途方もなく無邪気な本だな」とロベールの熱中ぶりに水を差すように、ヘルマンは素っ気なく言う。「『ジェルミナール』とは似ても似つかない。まるで別の作家が書いたみたいだ」

「でも、僕は気に入ったよ。つまりゾラが言いたいのは、ある特定の環境に生まれたとしても、理想を追い続けていれば人生は変わるということだ。彼が問題にしているのは決定論、なぜ人はほかの選択肢を与えられることもなく、あらかじめ未来を定められていなければならないか、ということなんだ」

「だが、結婚式の当日に死ぬっていうのは……。それで自由を手にしたなんてあんまりだろう！」

「誰もが君みたいにぬくぬくとした環境で育つわけじゃないんだよ、ヘルマン」

僕はあとになって知ったのだが、ヘルマンとロベールの意見の相違の背後には、性の問題があった。ヘルマンは、ロベールがなぜいつまで経っても女の子と関係を持とうとしないのかが理解できなかった。ロベールが恋に落ちるときは決まって、女の子の人柄に、そうでなければ彼がその娘に対して抱いているイメージに恋しているのだった。いずれもロマンチックな恋、より正確に言うならプラトニックな恋で、ヘルマンにはまったくの時代遅れに思えた。

そういうわけで、ロベールは、ヘルマンが自分の望まない選択を強いていると、ほかの友達が一緒のときも、よくそのことで自分が笑いものにされていると感じていた。

「この調子だと、ロベールは司祭になっちまうだろうな……」

セックスの話題になるといつもヘルマンはその話を持ち出した。すると、ロベールは怖じ気づいて、それについては話したがらなかった。

「セックスがすべてじゃないんだよ、ヘルマン。世の中には友情とか、もっと大事なものがあるだろう。僕にとって重要なのはそっちのほうなんだ。愛も重要なものだけど、セックスが愛を損なってしまうこともある」

「セックスレスだってそうさ」と言ってヘルマンは大笑いした。

親友があまりに純真で、自然の欲求をいつまでも退けていることにヘルマンは苛立っていた。ロベールは自分で築き上げた大きな城から外を眺めているばかりで、人生の喜びを味わうつもりがないように思えたからだ。

一九三〇年、ロベールはイヴォンヌ・ド・グイという女性と知り合った。二人の付き合いは四、五年のあいだ続いた。彼女の手紙はたくさん保管されていて、安定した関係であったことが伺える。ヘルマンと三人で連れ立って出かけることも多かった。

三人は年越しを祝うため、〈パシェンチェ〉というビヤホールに集まる。イヴォンヌはロベールにシェイクスピア全集を、こんな献辞とともに贈る。「わたしの優しい人へ、このささやかな本がようやくあなたを満足させてくれることを期待して」。それは千ページを超える大部の本だ。イヴォンヌのその言葉をロベールは声に出して読み、三人は大笑いする。

その後、イヴォンヌとヘルマンだけがその日は夜更かしするつもりで外に残る。ロベールは家に帰ってしまい、残された二人はまだ飲み続ける。敬愛する象徴派詩人たちに倣って、アブサンを試してみる。

「ヴェルレーヌはランボーを心から尊敬していた。この若者には真の才能がある、自分は絶対にかなわないとわかっていたんだ」と、ヘルマンはイヴォンヌと腕を組んで道を歩きながら言う。「僕はせいぜいヴェルレーヌ止まりさ。ロベールがランボーだよ。あいつほどの詩人を僕は知らない。人生の本質的なこと、真に重要なことをいともたやすく捉えてみせる。感性がすごく敏感なんだ。だがもっと書かないと駄目だな」

「ロベールに愛されているかどうかわからないの」とイヴォンヌが話題を変える。

「愛されていないはずないじゃないか。そんなこと言うなよ」。酔いの回ったヘルマンはぼんやりとした笑顔を浮かべたまま言う。

イヴォンヌは足を止めてヘルマンと向き合うが、二人の顔は二十センチと離れていないだろう。

「わたしが言いたいのは、女として愛されているのかどうかわからないということなの」

「それはつまり?」

「わたしと関係を持ちたくないってことよ。彼にとって、わたしはきれいで、頭の回転がよくて教養のある女。話し相手でしかないのよ。いまいましい。彼は私にキスもできないし、優しく触れてくれることもない……」

そしてヘルマンにキスしようとする。

「やめろよ、イヴォンヌ。二人とも飲みすぎたみたいだ」とヘルマンは彼女を遮る。

一九三四年に書かれたある手紙で、イヴォンヌは自分の気持ちを直接ロベールに伝え、二人の関係が危うくなっていると警告した。その状況についてヘルマンに相談したことも認めている。

イヴォンヌとのそうした会話にもとづいて、ヘルマンは、ロベールにもイヴォンヌにも誰にも知らせることなく、『夜明け』と題した小説を書いた。彼はフランスで兵役に就いていたときにこれを書き、数年後の一九四〇年、ヨハン・デイネというペンネームで出版した。そこで皮肉混じりに語られるのは若いカップルの危機で、男のほうは、女が望んでいるにもかかわらず、彼女と肉体関係を結びたがらない。それが原因となって、物語の結末で二人の関係は終わりを迎える。

たしかに、この小説は当時の偏狭なモラルに対する批判を意図していたのだろうし、その内容はロベールとイヴォンヌの関係に留まらなかったのも事実だが、ヘントでは、ヘルマンが誰のことを書いたかは誰の目にも明らかだった。その事実もまた否定することはできなかった。

ロベールは、親友と思っていたヘルマンが自分にそのような仕打ちをしたことが信じられなかった。近頃は不仲だったとはいえ、かつての思い出が、ヘルマンの創作時の高揚感の歯止めにはならなかったのだろうか？　友達よりも作家として有名になることのほうが重要だったのか？　ほかに語るべきことはなかったのか？　ほかに描き出すにふさわしいシチュエーションは？　二人でした数えきれないほどの散歩、一緒に過ごした素晴らしい時間、あのすべてはまやかしにすぎなかったのか？　過去の残骸？　それともまさか、良家の息子が貧しく内気な青年を食い物にしたということなのか？

ロベールとヘルマンの友情はそこで壊れた。ヘルマンは、本に出てくることはあくまでフィクションで、君の話は参考にさせてもらっただけだ、君だって知ってのとおり、作家は誰しも現実から出発して、そこから少しずつ想像力を羽ばたかせるものじゃないか、と弁解しようとした。

僕は、ヘルマンがロベールに本心からそう言っていたと、自分のしたことに自信をもっていたと信じたい。しかし、ロベールは耳を貸さなかった。彼は価値観のはっきりした人で、そのような振る舞いは許すことができなかった。たとえ芸術のためでも。ロベールは滅多なことでは怒らなかったが、一度腹を立てるとその怒りはなかなか収まらなかった。そう簡単には人を許さなかった。ヘルマンもそのことは承知だった。そこからロベールにふたたび近づくのは容易でないというのは、彼自身がよくわかっていた。

ヘルマンはそのことをずっと後悔していた。なぜそこまで事を荒立ててしまったのか。ロベールの気持ちを踏みにじって良いはずがなかった。なのに、自分は彼の心に力づくで入り込み、檻に閉じ込められ怒り狂った獣のようにすべて八つ裂きにし、踏みつけにした。ロベールの美しい心を、その奥底から傷つけてしまったのだ。数年前に父親が言ったことが繰り返し脳裏によみがえった。「あんな友達は二人とできるものではないよ」

小説『夜明け』は、ヘルマンはとってあまり満足のいく出来栄えではなかった。彼の作品のなかで特筆すべきものとは到底言えない、凡庸な出来だった。彼のもっとも見事な小説作品は、第二次世界大戦の終結後に書かれることになる。

いつものように、ロベールはベルギー銀行の建物に入る。朝いちばんに出社する一人だ。同僚たちに挨拶し、窓口の仕事につく。ブロンズの柱のあいだから、通りに面した扉が見える。小雨の降る朝で、通行人は少ない。

銀行の支配人がオフィスに彼を呼ぶ。当時その役職にあったのはアルモン・ネーヴェンだった。ロベールは心当たりがなく、何事かと驚く。ネクタイを締め直し、上の階に向かう。

支配人は仏頂面だった。いつもの挨拶もない。

「ロベール、勘定が合わない」とおはようの一言もなしに言う。

「そんなはずはありません、ネーヴェンさん、何度も確認しました」。ロベールは支配人の思いがけぬ言葉に頭が真っ白になる。

「金が足りないと言っているんだ」

ロベールは焦る。

「僕が取ったなどと思わないでください」

「いや、そんなことは考えたくない。私は考えたりなどしない、それは詩人や哲学者のすることだ」と支配人は苛々して言う。「私の仕事は決断を下すことだ。会計の担当者は君で、この銀行では不足金が出れば自分で補填するのが決まりだ」

「ですが……」

「以上だ、下がってよい」

ロベールは給料から不足分を埋め合わせなければならなくなった。かなりの額だった。そこで、家計をまかなうため副業を探すことにし、やむをえずビスケット工場で働き始めた。

毎夕、工場の会計をする。疲れ果てて帰宅すると、夜も遅い時間だ。

# 9

ビルバオが陥落すると、スペインの新たな指導部はすぐさま、疎開児童を帰国させる手続きに着手した。子供たちの脱出はフランコ政権にとって非常に不利なプロパガンダとなったので、何としてでもその問題を解決しようとしたのだ。最初は子供たちをサントゥルツィ港から出すまいとしてあらゆる手を尽くしたが、それに失敗したあと、目標は早期の帰国、偽装した書類を用いてでも、一刻も早く子供たちを帰還させることだった。

子供たちを最初に帰国させたのはカトリック系団体だった。ベルギーでは、スペイン内戦の終結、そしてとくに第二次世界大戦の勃発により、疎開児童の帰還が急がれた。対独戦への不安が増すなか、おそらく故郷のほうが安全だろうとの考えから、赤十字社の仲介による帰還の準備が始まった。

カルメンチュとラモンも帰国しなければならなくなった。アウグストとルールスにとっては不本意なことだったのだが。「騙されたんですよ。ドイツ軍が怖かったんです」とカルメン・ムシェは僕に言った。「子供たちは赤十字が面倒を見るという約束だったの。ほんの短い期間だからと、ビルバオを出港したときと同じように」

その悲しい日の写真には、ヘントのシント・ピーテルス駅の外に立つ祖父母とロベール自身、そして中央に、よそゆきの服に身を包んだカルメンチュとラモンの姿がある。カルメンチュはヘントに来たときよりもずっとふっくらとしている。フェレル通りの木造の小さな家で、ロベールの両親はしっかり食べさせてやっていたようだ。カルメンが教えてくれたところによれば、その写真には当時まだ若かったヘントの作家ドーラ・マヒーも写っている。

子供たちを見送った直後、バスクから伝わってきた知らせは、彼らにとってまったく心休まるものではなかった。子供たちは自分の家族となかなか再会できずにいた。新政権は帰還した疎開児童の写真をさまざまな新聞に掲載させ、プロパガンダのために利用した。子供たちにとって、家と呼べるのはもはやビルバオに残してきた家族のもとではなく、ベルギーで自分を受け入れてくれた家庭だった。ある子たちにとっては、内戦後の飢餓が待ち受けている故郷に戻るのはたまらなく辛いことだった。親たちも、ベルギーで出会った大人たちのように文化的な趣味があるわけでもなく、子供に対する態度はずっと厳しかった。それに、疎開先では何ひとつ不自由がなかった。バスクに自分の場所が見いだせず、またベルギーに戻っていった子供たちもいた。

ムシェ家の人々はカルメンチュと連絡を取り続けるのに難儀した。第二次世界大戦が勃発すると、ロベールは前線に行ってしまい、両国間のやり取りはきわめて困難になった。

一家はカルメンチュがいなくなったことで大きな喪失感を感じていたようだ。写真をもとに、カルメンチュの姿を模した胸像をつくらせたほどだった。それは今もそこに、カルメン・ムシェの自宅に置かれている。いくつものベートーヴェンの彫像と並んだ、カルメンチュのふくよかな頬。

一九四〇年三月二十九日、ベルギー国王軍に徴兵されていたロベールに父からの手紙が届いた。カルメンチュの近況に気を揉み、息子にも知らせてきたのだ。カルメンチュはバスクに無事着いたものの、まだ両親とは再会できずにいた。

陸軍、第二連隊、第三小隊、第一大隊、第一中隊
ロベール・ムシェ軍曹宛て

息子へ

三月二十六日付の手紙をどうもありがとう。カルメンチュの便りが届くたびに私たちがどれだけ喜んでいるか、お前にも想像がつくまい。元気にやっているようだが、まだ父親に会えずにいる。お兄さんのラモンは、どうやらビルバオの家にたどり着くことができたらしい。おばあさんに何事もなければいいのだが。さもなければ、我々のおちびさんはいったいどうなってしまうのだろう？

私たちはカルメンチュの幸せを願っている。しかし、確かに言えるのは、あの子を故郷に帰らせてしまったのを心底後悔しているということだ。お前もきっと同じ気持ちでいることだろうね！

両親から、愛を込めて

一九四〇年五月十日、ドイツ軍はベルギーに侵攻した。ナチスは瞬く間に進軍した。しかし、レイエ川沿いでベルギー軍が激しく抵抗した。五月二十三日から二十八日までに、ベルギー側は三千人、ドイツ側はそれに匹敵するかそれを上回る数の死者を出した。ベルギー軍はドイツ軍の攻撃に耐え抜くことができるかに思われた。ところが、連合国とベルギー社会の多数派の意見に反して、レオポルド三世はヒトラーの前に降伏し、講和条約を結んだ。歴史家たちによれば、それは歴史に残る汚点であり、ベルギー軍がもう少し抵抗を続けていたなら、第二次世界大戦は違った展開を見せたかもしれなかった。

五月二十五日、ロベールは前線で負傷し、アントワープの病院に運ばれる。左腕に銃弾が残る。傷が深いので、長期の安静が必要になる。そこでふと思い立ち、去る年の夏に知り合ったアントワープの娘、ヴィック・オプデベークに手紙を書く。

二人が初めて会ったのは、海沿いのユースホステルでのことだった。ヴィックはアントワープの女友達と、ロベールはヘントの男友達と来ていた。知り合った当初、ヴィックはロベールを傲慢な人だと思った。スペイン内戦の話をし、現地で何をした、誰と話した、と得意そうだった。有名な作家たちについて語ったが、ヴィックはそのうちの一人も知らなかった。ヴィックの目には彼が傲慢に、そして醜く映った。古ぼけたベレー帽を被った姿はぶざまだった。この人ったら、どうしちゃったのかしら、と彼女は思った。ベレー帽はバスク人の被るものらしかった。彼がそれを身につけていたのは、バスクの子供たちが置かれた苦境を訴えるためだった。馬鹿馬鹿しい！　ベレー帽なしのほうがずっとましだった。

翌日、彼女はもうそこに、病院のベッドの前にいて、彼と向き合っている。ロベールにはヴィックが変わったように、前よりもはるかに美しく見える。窓から差し込む五月の陽光に照らされ、金色に輝く髪。うだるような暑さのなか、軽やかな青いブラウスが、それ以上に青い彼女の目を、上気した頬に対して際立たせている。

「バスクのベレー帽と作業服なしではわからなかった」とヴィックが言う。

「ベッドの下にしまってあるんだ、万が一のために」とロベールは微笑みを浮かべる。

「あなたの言うことを信じるわ」と言うと、ヴィックはベッドの端に座る。

「気分はどう?」真面目な口調になって、彼女は怪我人の腕をそっと撫でながら尋ねる。

「今は平気だ」

その後、彼女は毎日欠かさず見舞いに来るようになる。ベッドの脇に座って彼に付き添う。彼が眠っていれば、彼女もうたた寝をする。起きているときは、二人で話をする。ロベールはヴィックといると気分がいい。彼女と一緒にいると、それまで感じたほどのないほど穏やかな気持ちになっているのに気づく。互いに何の共通点もなく、それぞれが属する世界もまるで異なっているが、きっとだからこそ、二人の関係はより自由で、生き生きとしたものとなる。午後いっぱい、二人は話に花を咲かせ、やがてヴィックがブティックの仕事に戻らなければならない時間がやってくる。

ある日、病院にアリーヌが現われる。彼女のよく通る声が遠くから聞こえてくる。建物中の人が彼女の存在に気づく。アリーヌが登場するとすべてのものが動き出す。それだけは戦争が起こっても変わっていなかった。

「まったく大げさなんだから、ロベールったら、かすり傷ひとつぐらいで！」と、いつものぶっきらぼうな調子で声を張り上げる。

アリーヌは、ロベールのベッドの脇に見覚えのない金髪の娘がいるのに気づく。ベッドのところまでやってくると、アリーヌは太腿で彼女を押しのけ、ロベールに向き合う。ヴィックは一歩後ずさりする。

「それで、その娘は何なの？」と、まるでヴィックがその場にいないかのように、相変わらずの皮肉な口調で訊く。

「友達だよ」

「友達？　友達はわたしじゃないの……」

アリーヌはヴィックをまじまじと見つめてから、いつものように、誰にも口を挟む隙を与えず話し続ける。

「ナチスによく抵抗したわね、ロベール。奴らはあれだけの目に遭って当然、もっと痛い目に遭わせたってよかったくらい。何もかもあの間抜けな国王のせいよ。ドイツと交渉すべきじゃなかった。わたしはヒトラーのことなんか全然信用しない。あんな狂人はどうしたって止められっこないじゃない……」

彼女は戦争と政治の話ばかりする。ロベールは彼女のほうを見てはいるものの、上の空だ。アリーヌはおしゃべりに飽きると、ロベールの唇にキスをし、いとまを告げる。

「じゃあね」

カルメン・ムシェの話によれば、アリーヌはそれから二度と見舞いにやってこなかった。友人たちが理由を尋ねると、「ロベールはしっかり世話を焼いてもらっているもの！」と答えたという。


病院での長い時間が少しでも重苦しくなくなるよう、ロベールは前線に送られてきた一通の手紙をヴィックに見せた。グラシアーノからだった。封筒の左側に鉛筆で切手の絵が描かれ、宛て名はロベルト・「雀《ゴリオン》」・ムシェとなっている。ムシェとはフラマン語で雀という意味だからだ。一九四〇年四月に書かれたもので、文面からは、その頃まだ前線ではあまり動きがなかったらしいことが読み取れる。

一九四〇年四月十二日、金曜日
今晩おじさんがよくねむってくれますように、そしたらぼくの手紙ちゃんと読めるだろう。

前の手紙にいろいろ書いてたけどぜんぶウソだ、おじさんいつも夢のなかだから夢のなかで書いたんだと思う。

ロベルト、名前の書きかたまちがえてたらごめん、でもおじさんのほんとの名前は「ねぼすけ一号」で、名字は「ウソツキ」だ。

ぼくの手紙を読むときはちゃんと読めよ、いつもみたいに夢のなかだったらあたらしい名前にも気づかないから。

そのうちまた手紙おくる。へんじは早く、夢みないで書いてくれよ。

それじゃ元気で。散歩して、ねむってばっかりじゃだめだよ。

グラシアーノ・デル・リオ

「それじゃあ、いい夢を」。ヴィックはグラシアーノの手紙を読むとすぐ、ロベールにさよならを言う。

ロベールは、彼女がベッドの長い列のあいだを去っていく後ろ姿を見つめる。彼女の背中で、長い金髪が揺れる。

「振り返ってまだわたしを見つめていたら」とヴィックは心の内で思う。「わたしたち結婚するんだわ」

扉の外に出る前、後ろを振り返ってみるが、ロベールは物思いに耽り、視線は天井を向いている。

# 10

人は一生のあいだにどれだけの友人に恵まれるものだろう？　そのなかで本当の友達と思えるのは何人だろう？　ヘルマンは書き物机から外を見つめていた。目の前にはいつもと同じ家と樹々。その向こうには凍結した運河。鴨が氷の上を歩いていた。心の底から親友だと思えるのはいったい何人だろう？　それが彼の自問していたことだった。

たった一人だけかもしれない、とヘルマンは思った。人がかけがえのない友と思えるのは一人だけだ。そしてその友がいなくなってしまったとき、それだけ深い関係をまた築き上げるのは難しいことだ。それは友情を深めるだけの時間が持てなくなるから、年を重ねるにつれて状況が変わってしまうからかもしれない。そんなとき、あとに残るのは、かつて体験したことの思い出、一緒に味わった緊密な一体感の思い出だけだ。かつて味わい、きっともう二度と再現されることのないあの感覚。

親友は、たとえこちらが一時疎遠にしていたとしても、欠点も含めてありのままを受け入れてくれる。そして、しばらく会っていなくても気にかけない。親友にとって時間は別の尺度をもっているから、そのせいで不安になりはしないのだ。月日が経過しても、かつての少年のままであるかのように受け入れてくれ、あたかも前日の続きのように話し始めることができる。友がいつもそこにいてくれる、人生でときにしてしまう無茶を彼なら許容してくれる、と知るのはとても心休まることで、別の人間関係ではおそらく得られない安心感を与えてくれる。友情とはもっとも完璧な、あるいはもっとも人間的な関係なのかもしれない。

アルキロコスはこう書いた。「夜に出歩くための友には不自由しなくても、何か不運に見舞われたとき、そばにいてくれる友は少ない」。ならば、重要なのはそのわずかな友達だ。しかし、一生のうちでそんな友に何人恵まれるものだろう、とヘルマンはまた自問する。

「失くした友達のことばかり考えるのはおよしなさい。あんな友達が持てて運が良かったと思うのよ」とマルテは言う。「あの頃はどれだけ強い友情で結ばれていたか考えてごらんなさい」

「わかってるさ、でも何もかも僕のせいだったんだ……」

鴨は氷の上を不器用に歩き続けている。風が唸りを上げ、裸の樹々を揺らしている。

自転車が平野を行く。春は盛り、豊沃で広大な田園。野原にはベゴニアとアザレア。自転車は進み続ける。ヴィックはアントワープから、ロベールはヘントから出発する。待ち合わせ場所は中間地点の、平坦で豊かな田園地帯にある宿屋だ。〈ナポレオンの寝台《ヘット・ベット・ヴァン・ナポーレオン》〉。皇帝はそこで夜を過ごしたことがあるらしい。上の階の部屋には、彼の眠ったベッドが今も残されているという。

ロベールは自転車の車輪の音、道の砂利の音に耳を澄ます。速度を上げようと立ち漕ぎになる。口で呼吸する。ふたたび腰を下ろす。前方を見ると、地平線は遠い。青空には絹雲がうっすらと見えるだけ。あとは澄み渡っている。短い坂を下っていくと、太陽の下で牧草がきらきらと輝く。

ヴィックはペダルを漕いでいるあいだ、胸を弾ませながら、彼と知り合った日を思い出す。初めて会ったときは傲慢で醜く思えたあの青年と、皇帝がいつか夜を過ごしたのと同じ場所で待ち合わせている。ヘット・ベット・ヴァン・ナポーレオン、〈ナポレオンの寝台〉で。

# 第2部

# 11

ロベールはまだヘルマンに腹を立てていたので、婚約したことを知らせもしなかった。ヘルマンは、ロベール・ブリーゼを通じて旧友の結婚を知った。そして感動のあまり、ロベールに長い手紙を書き、まずは何より結婚を祝福してから、許しを求めた。「かつて君に親友と呼ばれた者が、君の結婚の日を祝わずにいることなどできようか。君の青春時代の、二人ともけっして忘れることのないあの時期の友であった者が。君がおそらく僕の祝福の言葉を受け入れないだろうということはわかっている。そればかりか、この手紙を読むことすら君にとっては苦痛かもしれないということも」

その手紙でヘルマンは、『夜明け』のような小説は書くべきでなかった、君には理不尽なことをしたと認めたうえで、出来の悪かった前作の埋め合わせをすべく、手遅れにならないうちに、二人で過ごした青春の日々を小説に書くと約束している。ロベール、許してほしい、あの本を書いたのは故郷から遠く離れ、フランス南部で兵役に就いていたとき、人生でもっとも辛い時期だったのだ、とヘルマンは訴えている。あのときは孤独で寄る辺なく、自分を見失っていた、どうか理解してほしい、と。ヘルマンは手紙のほかに、結婚祝いのプレゼントとして、「彼の曲を一緒に聴きながら過ごしたあの時代の思い出に」、花崗岩でできたベートーヴェンの胸像も送った。彫刻家の叔父に頼んでつくってもらったものので、「H・ティエリ」というサインが入っていた。ロベールは初め、その像はヘルマン自身が彫刻したものだと、「あいつも許しを請うためにずいぶん手間をかけたものだ」と思った。しかしそれから数か月後に、ヘルマン本人が、そのHはヘルマンではなく叔父のアンリのイニシャルだと大笑いしながら明かすことになる。彼はロベールの肩を抱いて、耳元でこう言うことだろう。「たしかに一瞬、お前の誤解は解かずに、俺が彫ったんだと言っておこうかと思ったが、それはできなかった。軍隊ではいろんなことを学んだが、彫刻はやらなかったからな」

ヘルマンにとって思いがけないことに、ロベールは手紙にきちんと目を通しただけでなく、ヘルマンの言い分を受け入れ、そこから二人の友情は再開した。しかし、青春時代に分かち合った情熱はとうの昔に色褪せていて、あの傷が後々まで二人のあいだの距離となって残ることは避けられなかった。友情は復活したものの、以前と同じ関係に戻ることはもはやないだろう。

ロベールは喜んでヴィックにヘルマンの手紙を読み聞かせ、彼からのプレゼント、ベートーヴェンの彫像を、まるでトロフィーを受け取ったスポーツ選手のように、両手で誇らしげに掲げてみせる。

「後悔しているようだよ。手紙では少なくとも、自分のしたことは間違っていたと認めている」とロベールは満足そうに言う。「許してほしいと言うんだ」

「それで、あなたは許すつもりなの?」

ロベールは眼鏡を外してヴィックを見つめる。

「彼のせいで辛い思いをしたわけでしょう……」

「でもヴィック、あいつとは長い付き合いなんだ。ときには許すことも必要だよ」

「人を許すのはもちろん正しいことよ、でも、彼とまた付き合い出すのはあなたのためにならないということは言っておくわ。面倒なことに巻き込まれるわよ」

ロベールはその最後の言葉を気に留めず、上機嫌でベートーヴェンの胸像を書棚に飾りに行くと、本の上に、すでにそこにあった半ダースほどのベートーヴェンの彫像と並べて置く。どうやら、ヘルマンはプレゼントに関しては独創的でなかったが、その贈り方は見事に的を射たらしい。そうしてヘルマンはロベールの信頼を回復した。

ロベールとヴィックは一九四一年七月十五日火曜日、アントワープの大聖堂の側廊にある小さな礼拝堂で結婚式を挙げた。ロベールが無神論者だったため、カトリック教会は中央の祭壇で式を挙げることを許可しなかった。しかしそれでも、カルメンの話によれば、片やマルクス主義者、片やカトリックであった新郎新婦の家族は、双方の信条が尊重されたことに満足したという。ヴィックの母が病気をしたばかりだったので、祝宴は特別華やかなものではなかった。近親者が呼ばれただけだった。側廊の小さな礼拝堂で、夏の平日に挙げた式ではあったけれど、両家は幸せな一日をともにしたようだ。

新婚の夫婦は帰宅すると、居間に二つの絵を向かい合わせになるよう飾った。一方の壁には、鉛筆で描かれたカール・マルクスの肖像画を掛けた。その真向かいの壁には、聖母マリアの陶製のレリーフ画。

「聖母マリアとマルクスは仲良くやっていたわよ」と、ヴィックは娘のカルメンに話したことがあった。「少なくとも、我が家では何の問題もなかった。わたしもロベールもそれぞれ自分が飾った人物画を見ていたし、壁の二人だって日がな一日顔を突き合わせていたわけだけど、喧嘩になったことなんて一度もなかったわ」

「お母さん……」

新婚初夜は夢見ていたようにはいかなかった。二人とも、早朝に始まった長い一日のあとで待ちくたびれ、疲れ切っていた。ベッドに入るとき、ヴィックはロベールが落ち着かない様子でいるのに気づいた。

「何か心配事でもあるの？」とヴィックはロベールの首に手を回して言う。「浮かない顔ね、今日はわたしたちの人生で最高の一日なのに」

ロベールは妻の腰を引き寄せ、単刀直入に尋ねる。

「君はほかの男を知っているのかい？」

ヴィックは驚いて彼の顔を見る。ロベールが何を考えているのかわからない。ええ、それともいいえと言うべきなのか、その瞬間にどちらが正しい答えなのかわからない。

「もちろん」とよく考えずに口にする。

ヴィックの返事にロベールは腹を立てる。自分は彼女と寝る最初の男ではないのだと思う。辱められたように感じる。ヴィックは説明を試みるが、彼は聞く耳を持たない。

二人は互いに背を向けて眠る。

「本当に、二人は婚前に関係を持たなかったと思いますか？」と僕はカルメンに尋ねた。

「母はセックスに関しては開放的な人でした。わたしが小さい頃から何でもはっきり説明してくれましたから。でも、当時の社会が非常に厳格だったのは事実です。やっぱり、関係を持たないまま結婚したんだと思うわ」

「でも、ロベールのいた環境は違っていましたよね。彼の周りはみんな進歩主義者で。あのアリーヌという人は家では裸で過ごしていたという話だったし……」

「そうですよ、でも勘違いしないでちょうだい。もしかすると、母の育った環境のほうがその点では開放的だったのかもしれません。彼女はアントワープの、都会の人だった。ところが、あの頃のヘントは小さな街で、父の家族は思想的には左派だったけれど、男女関係についてはかなり保守的だったの。ヘントの労働者階級は当時もまだ、内面的には厳格なクリスチャンでした。何世紀も続いた習慣というのは、そう簡単には忘れられないものなんですよ」


翌朝、新婚の夫婦は暗い気持ちで目覚め、黙り込んだままベッドに横になっている。ヴィックはロベールの背中をそっと撫でる。彼は振り向き、ヴィックを力強く抱きしめる。そして荒々しく接吻し始める。その不器用な仕草を通じて、前夜のすれ違いを忘れさせようとするかのように、たとえ自分が最初の男でなかったとしても、彼女をこの世の何にもまして愛していることをはっきりさせたいというかのように。

「やめて」。ヴィックは彼を制し、落ち着かせようとする。「頭を使うのよ、少しは想像力を働かせて。あなた、作家じゃなかったの？」

ヴィックはロベールを仰向けに寝かせると、馬乗りになる。ゆっくりと急がずに服を脱がせる。そして彼の手を取ると、自分の身体に少しずつ這わせていく。

「手はわたしが動かすのに任せて、力を抜いて、眠っているときみたいに」

そうして、ロベールの手はまず彼女の肩に触れ、次に腕、最後にお腹を撫でる。ロベールは手を振りほどき、ヴィックの口にキスしようとするが、彼女はそうさせない。「まだだめ」。ロベールを押し倒してふたたび寝かせると、夫の身体を上から下へ、胸の辺りから下腹部に向かって愛撫し始める。そして背を向けて横になると、彼の腰に自分の腰を近づける。二人とも横を向いている。彼女はロベールの性器を自分のなかにそっと、ゆっくりと入れようとする。

ロベールはヴィックの顔に痛みの表情が走ったのに気づく。

「大丈夫？」

「黙っていて……」

ぎこちない動きが数回、そしてロベールは射精する。

欲望は、ヘルマンの小説に繰り返し登場するテーマだ。

のちに彼の名を世界中に知らしめることになる本、『髪を短く切ってもらった男』は戦後になって出版された。彼の長いキャリアにおけるほかの作品と同様、ヨハン・デイネというペンネームで一九四七年に刊行され、多くの言語に翻訳された。そこで語られるのは、ある女子校で教鞭をとる教師の体験だ。ヘルマン自身も女子校で教えていた時期があったので、この小説は彼の実体験にもとづいて書かれたと考える人は多い。

問題は、その教師がある生徒と恋に落ちるということだ。小説は独白体で書かれているため、主人公の考えていることが現実に起こったことなのか、彼の願望にすぎないのか、読者にははっきりと見分けるすべがない。小説においてその境界は消失し、教師の頭のなかではその二つが混じり合っていて、日常でよく起こるように、そのどちらもがある意味で真実なのだ。

現実、夢、欲望、そうした目に見えぬ線を引かれた境界のあいだを行き来し、その狭間で書くことをヘルマンは好んだ。いわゆる「魔術的リアリズム」について評論を書いてもいる。実のところ、ヘルマンはヨーロッパにおけるその運動の先駆者だった。彼の作品ではつねに夢と現実が混じり合っていて、それはもしかすると、自国を襲った二つの大戦がもたらした荒廃に向き合おうとしたためなのかもしれない。戦争は現実認識を根本から覆してしまい、そこに幼い頃教え込まれた価値観は跡形も見いだせない。そうした価値観はあの地獄において何の役に立たないのだ。だから、ヘルマンは作品のなかで、子供が子供なりに世界を理解する方法に回帰しようとする。幼い子供の論理が、大人の論理よりもはるかに彼を納得させたのだろう。しかし、この幻想的ないし魔術的リアリズムというのは、同じ名前で呼ばれるようになったラテンアメリカ文学の潮流とは別物だ。ヨーロッパのそれは、シュルレアリスムを継承した、どちらかというと個人主義的な性格を持っていた。いっぽう、ラテンアメリカではより民衆的なかたちを取った。ポストコロニアリズムの時代、作家たちはその土地固有のものを語る方法を、自分たちの手中に取り戻そうとしたのだ。

戦後、ヘルマンは他の多くの作家と同様に、政治参加から夢へ、国民の解放の思想から個人の自由の要求へ、「我々」から「私」へと関心を移した。戦争には勝利したものの、その代償があまりに苛酷なものだったので、作家たちが人間の善良さに対して抱いていた信頼は完全に失われてしまった。理性の彼方へ向かい、人間の内なる欲望、憎悪、夢の力を解き放つ必要があった。そしてそのなかに、抑圧された欲望が存在していた。

それはヴィックとロベールの関係においてもっとも幸福な日々だった。ヴィックは彼に光と安らぎをもたらした。

「僕は辛い時期を、悲しく悩み多い月日を過ごした。見てのとおり、僕は今もそんなに変わっていない。厄介な奴だとは思われたくないんだが、ある日突然あらゆるものが重くのしかかってきて、どうしたらいいかわからなくなってしまった。スペインで体験したことにも強く影響された。あまりに多くの疑問を抱きながら、悩みや不安なしに生きるのは難しいことだよ。でも今は、自分を取り巻く物事の美しさを楽しめるようになってきた。雪に覆われた森の景色、暁の光、跳び回る兎、ぽつりと立った木の陰。季節がふたたび巡り始めたのを感じるんだ……」。ロベールはヘルマンに宛てた手紙で、ヴィックと知り合ってからの人生についてこう語った。ヴィックと結婚したことで、ロベールは生まれて初めて自由になった。彼はすべきであったことをしなかった。ヴィックは、彼の慣れ親しんだ環境に属していたわけでも、彼と同じ階級の出身でもなかった。別の世界からやってきて、最初はロベールのいた閉鎖的な社会にとっても異質な存在だった。「あの娘の何が特別なんだろう?」と疑問に思った人も少なくなかった。ロベールの友人たちは、彼がそんな女性と付き合っていることに驚いた。ヴィックは政治的でもなければ、知識人でもなかった。けれども、ロベールが彼女といて幸せだということは認めるほかなかった。ヴィックと付き合い始めたことで、ロベールはついに、周囲を気にすることなく、自由に決断を下したのだった。

ヴィックはかつて娘に、皮肉を交えてこう話していた。

「別におかしなことなんてなかったのよ。あなたのお父さんは結核にかかって、医者から家で療養するように言われたの。二人で一緒にいられたのはそのおかげで、本当に幸せだった。ほんの数か月のことよ。結婚した直後の数か月。わたしたちの人生でいちばん美しいときだったわ。彼がしばらく療養しなければならなかったのが不幸中の幸いで、それがなければあなたは生まれていなかった」

カルメンは当時の写真を僕に見せてくれた。よそゆきの格好をした三人が写っている。父、母、娘。ロベールは腕に抱いたカルメンを見つめている。ヴィックは微笑みを浮かべている。

「この写真では幸福な家族そのものでしょう」とカルメンは言った。「ここに写っているわたしたちを見たら誰だって、なんて幸せそうなんだろう、と言うに違いないけれど、これは唯一平穏だった時期なの。その後何が起こるか、想像できた人は誰もいなかった。あの幸福な時間は、移ろいゆく雲のようなものだったんです」

少しずつ、愛し合う二人は互いの身体を知っていった。最初のぎこちなさは次第になくなり、相手への理解が深まっていった。ヴィックは、ロベールの横に寝そべって二人でいろんな話を聞かせ合い、笑いながらおしゃべりをするのが好きだった。

「何か作り話をして」とヴィックはロベールの胸元に手を滑り込ませて囁く。

「おとぎ話？」ロベールはおどけて言う。

「あなたにできるかしらね」

「《ウィトルウィウス的人体図》を知っている？」

「いいえ」

「古代ギリシア人は、黄金比と呼ばれる美の規範《カノン》をもっていた。ポリュクレイトスによれば、完璧な人体は七頭身だった。彼がそう言ったのは紀元前五世紀のことだ。そして、そのカノンにしたがって《ドリュポーロス》のような彫刻をつくった」

「戦車に乗っているあれ？」

「戦車？　いいや。左手に槍を、肩に担ぐみたいにして持って歩いているように見える、裸体像だ。それはともかく、肝心なのは、後世の彫刻家たちが、そういう彫刻はあまり端正でないということに気がついて、人体を七頭身でなく八頭身と見なす新たなカノンをつくったということなんだ。そうして《ヘルメス》という作品が生まれた」

ヴィックはロベールの胸に頭をあずける。片方の耳からはロベールの声が、もう片方からは彼の心臓の鼓動が聞こえる。

「その概念はルネサンス時代になって定着した」。ロベールは話を続ける。「レオナルド・ダ・ヴィンチの有名な《ウィトルウィウス的人体図》もその伝統に由来している。ただ、ダ・ヴィンチにとって完璧な人体のプロポーションは、広げた手の長さ八つ分だった」

「じゃああなたはどう思う、わたしの身体は完璧かしら?」とヴィックは冗談のつもりで訊く。

「どうだろう、確かめてみようか」。ロベールはその冗談に乗って言う。

ヴィックは仰向けになり、身体を伸ばして横たわる。

ロベールは手の平を広げ、まずは頭の先から口までを測る。親指を彼女の頭に、小指を口元に置いてから、舌と唇に官能的なキスをする。

「一、唇から首まで」。そして彼女のブラウスの襟元を開き、首筋に優しく舌を這わせる。

「続けて」。ヴィックはボタンを外しながら言う。「続けて、続けて……」

「三、首から胸まで」。親指を首の付け根に、小指を胸の谷間に置く。

胸の川床に手を這わせてから、乳房全体を愛撫する。まずは左、そして右。円を描くように、外側から内側へ。彼女の林檎のような乳首が固くなっていくのをロベールは感じる。

「四、胸から臍まで」

臍をくすぐってから舌を使って湿らせるのと同時に、彼女のお腹の筋肉に震えが走るのを感じる。

素早い動きで、ヴィックは腰から下も裸になる。

「五、臍から陰部まで」

指先で彼女の鬘を撫でる。そこから滲み出る液体をなじませてから、舌をときどき奥に差し込みつつ、口全体を使って愛撫する。長年会っていなかった恋人に接吻するかのように、優しくも力を込めて。

「六、膝まで……」

ヴィックは手でロベールの口を塞ぐと、欲望を抑えきれずに挿入させる。


カルメン・ムシェは一九四二年八月十六日、ベイローケ病院で生まれた。ロベールは女の子だとわかると、故郷へしぶしぶ送り返さなければならなかったあの少女を偲んでカルメンと名付けたがった。子供の誕生を最初に知った友人はヘルマンだった。ロベールは嬉しくてたまらず、夏のうだるような暑さの午後、運河沿いの木陰を歩きながら彼に打ち明けた。「僕は辛い時期を過ごした、でも今は、季節がふたたび巡り始めたのを感じるんだ……」

# 12

カルメンは母の書類を整理していて、四つに引き裂かれた紙切れを見つけた。破片を繋ぎ合わせてみると、父が母に宛ててタイプライターで書いた手紙だと気がついた。ロベールがすでにレジスタンス運動に加わり、ブリュッセルで潜伏生活を送っていた頃のものだった。もしものことがあるといけないので、手書きの手紙を送ることは禁じられていた。一九四四年、潜伏先で書かれたその手紙にはこうあった。

おかしな話だな、君に手紙を書くのにこの古いタイプライターを使わなければならないなんて。駅で君とキスを交わしたのがもう二週間も前のことだなんて信じられないよ。

ここでは一日が果てしなく続くようで、翻訳の仕事は終わらせたが、まったく馬鹿げた本なので、そこに出てくる不自然きわまりない感情表現に僕はすっかり腹を立てている。しかも、僕たちが本物の悲劇を、本当の人生から生じた悲劇を生きているというのに。きっとそれだから、このブルジョワ作家の書いた中身のない文体練習にこれだけ苛々させられるんだな。

この翻訳をしてためになることなど何もないが、二つの理由から続けるつもりだ。一つ目には、暇潰しになるから。二つ目には、これほど未来が不透明なときに、多少は家計の足しになるから……。

ともかく、できるだけほかのことを考えるよう努めているが、すると僕の心はすぐさまヘントに飛んでいく。ヘントこそが僕たちの街、僕たちの幸せが根を下ろした世界の片隅だ。ヘントが意味するのは、君と、僕たちの赤ん坊、母、家族や友達が形作る小さな輪だ。僕の心のなかに収まってしまうちっぽけな世界。でも、そこにはほかでもない君とあの子がいてくれる。二人が僕にとってどれほど大事か気づくために、君たちのもとから離れる必要などなかった。こうして離れていると、君の不在がもたらす苦痛がなおさら耐えがたくなる。この世の何ものも君の代わりになることはできないよ。一日が君のおはようのキスもなしに始まり、夜の愛撫もなしに終わっていく。昼間はカルメンの片言のおしゃべりが懐かしい。あの素晴らしい子は僕たちだけのものだ。君と一緒になれたことにどれだけ感謝していることか、二人の絆があの子に結実したんだ。そのサイクルは永遠だ。僕らの両親の命は僕らの子供のなかで続いていく、過去と未来とが……。

父が孫の顔を見る前に亡くなってしまったと知って本当に悲しいよ。だから、この象徴的でロマンチックな願いを聞き入れてほしい。近いうちに墓参りに行ってくれないかい？

明日は復活祭だから、カルメンはチョコレートの卵を食べてさぞかしご機嫌でいることだろう。そばにいて、あの子の喜ぶ顔を見られないのが残念だ。ほんの一瞬でいいからそこにいることができたなら……。

今週はブリュッセルに行ってヘルマンと話した。翻訳の最初の部分を渡す約束だったんだ。次の分は来週までに仕上げられるだろう。

家族と友達によろしく。弟のジョルジェと奥さんと子供にはとくに。母には優しくキスして、心配しないでと伝えてほしい。僕は元気だ。

これでやっと君の番だ、愛しい人。君にうんと近づいて、どれだけ愛しているか耳元で囁こう。その柔らかな唇にそっとキスをするよ。カルメンには、お父さんからだと言って、愛情を込めて抱きしめてやってくれ。

ああ、どれだけ君が恋しいことか。

ロベール

カルメンは、手紙がなぜ四つに裂けているのだろうと自問した。母が破いたのだろうか？　夫が家にいなかったこと、母子だけを残していったことに対する怒りのあまり？　それともたんに、折り畳まれていたのと箱のなかの湿気のせいで、時間が怒れる両手の代わりとなって、ひとりでに破けてしまったのか？　それはカルメンにとって答えのない問いだった。その数年というもの、彼女の人生もその四つに引き裂かれた手紙のようなものだった。破片を並べ、そこに何らかの論理を見いだそうと努めるうちに、彼女自身の過去が明らかになりつつあった。

父が手紙でヘントについて言っていたことには心当たりがなくもなかった。そこで家庭を築くのが父にとって重要なことだったのは、カルメンにもよくわかっていた。だからこそ、夫婦は結婚してまもなく、アントワープでの快適な生活を捨て、幼い娘とともにヘントに戻ってきたのだ。ロベールはヘントに自分のものを集めておきたがった。そこが家族の住むべき場所であり、娘はそこで育ち、年月が経てば、彼があれほど夢見たヘント大学に通うことになるはずだった。ロベールは、自分が手に入れられなかったものをカルメンに与えてやりたかった。一家は駅前の地区にあるパウル・フレデリック通りにアパートを借りた。二階の59号室が彼らの家となった。

ロベールは結婚する前、ヴィックを何度もヘントに招き、彼女に街を気に入ってもらいたい一心で、とびきりの名所を見せて回った。しかし、ヴィックは簡単になびかず、アントワープのほうをずっと愛していた。ヴィックが初めてヘントに来たとき、ロベールは彼女をシント・ミヒールス橋に連れていった。そこからヘントの名高い三つの塔が見えるのだ。橋の中程にやってくると、ロベールが言った。

「これがヘントで最高の景色だ」

橋には凸状に突き出た箇所があり、そこから三つの塔が聳え立つ景観が見渡せた。いちばん手前にあるのがシント・ニクラース教会の塔だ。その後ろには、ベルフォルトと呼ばれる、都市の文書が保管されている鐘楼。そしていちばん奥には、シント・バーフス大聖堂の尖塔。橋から眺めるとどこか特別な雰囲気があり、まるで中世から時間が止まっているかのような、遠い時代にタイムスリップしたような気持ちにさせられる。橋の下に目をやれば、左右にヘントの運河が見える。左側にはヘントの古い港があり、かつての商館や倉庫が建ち並び、中世とルネサンス期の大邸宅が隣り合っている。港のその古い地区は香草《ヒュラスレイ》の埠頭と呼ばれる。そのずっと向こうには中世の城、ヒュラーヴェンステーンの黒ずんだ輪郭。

ベルフォルトの塔の下で、二人は大理石の彫刻の下に立って写真を撮った。それは《マメロケル》と呼ばれる、父親に乳を与えている女の彫刻だ。キモンと娘のペローにまつわる古代の伝説にもとづいている。キモンは餓死の刑に処され、娘は毎朝、牢獄に面会に行った。彼女は隠れて父親に母乳を飲ませた。やがてそのごまかしに気づいた看守たちは、父娘を罰する代わりに、心動かされて二人を自由の身にしてやった。

「そのモチーフは《ローマの慈愛《カリタス・ロマーナ》》と言って、ポンペイの壁画に最初に描かれた。ルーベンスにも同じ物語をもとにして描いた絵が何枚もある」。ロベールが煙草を吸いながら説明するあいだ、ヴィックは鉄柵に腰掛け、脚を宙に浮かせて彼の話に耳を傾けている。

「この世に役に立たないものが三つあると、どこかで聞いたことがあるわ」とヴィックがふと思い出して言う。

「国王夫妻、教会中枢、大富豪のことかい?」

「ロベール、また政治の話をするのはやめてちょうだい。もっと詩的なことなのよ」

「じゃあ聞かせてくれ」

「海に降る雨、昼間に出る月、それに男の乳首」

「おやおや」

「わかる？　キモンは自分の子が男だったら飢え死にしていたわ。それに男なら、面会に行ったかどうかも怪しいものよ」

ロベールは一瞬考え込む。

「男の乳首は何の役にも立たないって、本当にそう思うのかい？」と煙草の火を消し、吸殻を片付けながら訊く。

「そればかりはどうしようもないわね」

ヘルマンはついに、ロベールにある提案を持ちかける。

「君はいつも、占領に抵抗するために何をすべきかわからないと言っていたな。今、党は人を必要としている。君が首を縦に振ってくれさえすれば、同志たちは大喜びするだろう。人々は怯えていて、誰も行動を起こそうとしないし、ましてや君の状況では難しいことだ……。でも、君に訊かなければならない。集会でそう約束したんだ。レジスタンスに加わる気はあるか？」

ヘルマンは、ロベールがヴィックと幼いカルメンとどれだけ幸福に暮らしているかわかっていた。そして自分の質問が何を意味するか、つまりその素晴らしい人生を危険に晒すことにほかならないとよくわかっていた。そのうえ、ロベールが拒絶することはないということも知っていた。ロベールは彼にノーと言ったためしはなかったし、今回はなおさらそうするはずはなかった。ヘルマンは間違っていなかった。ロベールはレジスタンス運動に加わった。

最初のうちは、ヘントのグループと活動をともにした。そのグループは「ヘット・ベルフォルト」という非合法の日刊紙を発行していた。新聞の名前は、都市の法律が保管された鐘楼、自由の庇護者であったあの砦にちなんでいた。ロベールはその非合法の新聞に頻繁に寄稿した。記事にはジュリアンというペンネームで署名した。読者の気持ちを奮い立たせる、熱のこもった報道記事を書くために、スペイン内戦で得た教訓が役立った。ジュリアンの寄稿する記事は人々に強く支持された。

しかし、任務はそればかりではなかった。ナチスへの協力を拒んだ囚人の家族に対し、政府はいかなる支援も与えなかったので、ロベールたちのグループは金銭的な援助を行なった。支援金を集めるための集会で、ロベールは古い知り合いに偶然会った。アルモン・ネーヴェン、ベルギー国立銀行の支配人もそこにいたのだ。互いの顔を見るなり、二人は仰天してしまった。

「君はここで何をしているのかね？」とネーヴェンが尋ねた。

「ここで、金を盗んでいるんです」とロベールは意地の悪い笑みを浮かべた。

「そうか、大義のためならば……」

パウル・フレデリック通りの家のベランダはレンガ造りで、壁のところどころに四角い穴が開いていた。幼いカルメンは、よくそこから通りを眺めていた。二歳くらいの頃だろう、その年齢の子供がみなそうであるように、台所の戸棚から物を出してはどこか別の場所に隠すのが好きだった。一日じゅう、出しては隠して、出しては隠して。それだから、ヴィックは台所で見つからない物があると、ベランダの穴のなかを探した。そこがカルメンにとっての宝箱だった。宝物は、指ぬき、塩入れ、ティースプーン。手に入った物すべてだった。

カルメンがベランダで遊んでいる。ヴィックは通りが騒がしいのに気づく。叫び声、武器の音、扉と窓がバタンと閉まる音。カルメンを抱き上げて身をかがめ、ベランダの穴から外を覗く。ある穴からは、歩道に駐車されたパトカーが見える。別の穴からは、近所の女性が走っていくところ。三つ目の穴を覗くと、その女性は地面に倒れ、警察に取り押さえられている。家のなかに入り、扉と窓を閉め切る。

逮捕は日常茶飯事だった。しかし、誰も彼もが連行されたわけではなかった。同じ通りにはユダヤ人の一家が住んでいたが、彼らは一度も捕まらなかった。戦時中ずっとその通りに身を潜めていた。ナチスは彼らがそこにいるのはわかっていたが、逮捕することはできなかった。ドイツ軍が立ち去るまで、彼らは潜伏生活を続けた。

住民のあいだには強い連帯感があった。ムシェ家の下の階には、ある画家が住んでいた。画家はロベールに、万が一警察がやってきたら、窓から中庭に降り、そこから自分のアトリエを通って裏口から逃げなさいと言ってくれていた。裏通りの角には小さな食料品店があった。緊急の場合はそこから電話をかけることができた。

時とともに、状況は急激に悪化した。レジスタンス運動のグループは妨害工作を開始し、駅、線路、橋など、戦略的に重要な地点を破壊し始めた。それに伴って弾圧も激化し、共産党員がロベールの周囲からも少しずつ姿を消していった。

アーレルスが逮捕されると、ロベールはヘントにいるのは安全ではないと考え、一九四四年三月七日、アントワープに移った。鉄道駅で妻と幼い娘に別れを告げた。アントワープでは数週間のあいだ、ヴィックの家族の友人の家を渡り歩いた。しかし、ロベールはアントワープも危険だという結論に至り、ブリュッセルに向かった。そしてゾンネ通り五番地にある、党が確保してくれた小さなアパートに住み始めた。しかし、生活費が不足していた。毎日職場まで出かけていく必要なく、自宅で仕事ができればいちばん良かった。ヘルマンがうってつけの仕事を見つけてきた。翻訳をするのだ。ロベールはドイツ語、フランス語、スペイン語からオランダ語に翻訳することができたし、物書きだったから、うまくやってのけるに違いなかった。ブリュッセルの〈カフェ・ド・パリ〉でヘルマンと週に一度待ち合わせ、翻訳する本を受け取った。それと一緒に、衣類の入った袋、食べ物を少しと、手紙ももらった。週に一度のその時間は、ロベールにとって文明との唯一の接点だった。一週間のあいだ誰とも口をきかずに仕事をし、仕事をしていないときは家族のことを考えた。

「なんてひどい作家を訳させるんだ、まったく！」とロベールは、カフェでヘルマンに愚痴を言う。「一人の時間が余計に長く思えるよ」

「まあまあ、良い文学というのは大抵売れないものなのさ。だから編集者はこういう本も必要なんだ」

「ヘルマン、あのろくでもない本を訳しながら、文学作品を良いものにするのは何だろうって考えていたんだ」

「美しさじゃないか」とヘルマン。

「美しさは何の関係もないよ。時代性や、形式的な斬新さでもない。そういうのは理論的なことであって、批評家の飯の種だ。僕にとっていちばん重要なのは、テクストには表われない何かなんだ、文章の背後にあるもの……」

「魅力？」

「僕ならその言葉は使わない。衝動と言うほうがいい。ある本のなかに作家その人の存在が感じられるとき、その作家がほかの誰よりも見事にその物語を語ってくれるはずだとわかるとき、その声に聞き惚れずにはいられないとき……」

ウェイターがテーブルに近づき、ロベールの話を遮る。

「デザートはいかがですか？」

二人の作家はしばしウェイターを見つめていたが、即座にテーブルの上に広げていた物を集めると、カフェの裏口から立ち去る。


子供を持つと、たちまちに不安が押し寄せてくるものだ。大人になると、とロベールは思う、幼少期から思春期にかけての不安や怖れからは永久に解放されたと思うものだ。ところが、不幸にもそうはならない。親になったとき、そうした怖れはいっそう力を増して戻ってくる。あたかも、恐怖というのは一定の間をおいて、ほんの数年だけ一息つかせてから、その後また襲いかかってくるかのようだ。平穏な時期は長くとも三、四年しか続かない。そして子供が生まれると、その子を失ってしまうのではないか、あるいはその子が僕たちを失ってしまうのではないかという怖れを抱くようになる。子供が天涯孤独になってしまうことへの怖れ。女の子ならば、それに加えて、どこかの男の意のままにされてしまうのではないか、もし危険な目に遭ったら、という不安がある。事実、僕の知る多くの女性が、程度の差こそあれ何らかの被害に遭っている。

ロベールは、自分の娘となった二人のカルメンのことを絶えず思い出していた。カルメンチュは、先行きの不透明な戦後のビルバオでどうやって生きていくのだろう？　何とか人生を切り拓いていくことができるだろうか？　ブリュッセルで、通りを歩いていてカルメンチュと同じ年頃の少女を見かけると、あの子はどうしているだろう、今この瞬間に何をしているのだろう、と思わずにはいられなかった。眠りにつくときは、まだ幼いカルメンのことを思った。家にいたとき、カルメンを寝かしつけるのは彼の役目だった。お話を読み聞かせ、それから一緒に横になった。眠ってしまったふりをするのだ。するとカルメンは、「パパ、パパ」と言って彼を揺すった。突然その手が止まったと思うと、子供は眠り込んでいた。その空白に耐えるのは容易ではなかった。ロベールはヘントからあまりに遠くへ来てしまったように感じていた。五十キロの距離にありながら、逮捕されるとわかっていて家族に会いに行くことはできなかった。

愛する人たちと一緒にいられないというその状況に、ロベールは内側から身を焼かれる思いだった。アパートで一人きりでいると、しばしばこう思って心が揺らいだ。「この何もかもは、犠牲を払うだけの価値があることなのだろうか？」そしてすぐに気持ちを落ち着かせようとして、自分の決断は間違っていない、ナチスが世界を征服してしまわないために誰かが行動しなければならないのだ、と自分に言い聞かせた。しかし、落ち着きを取り戻すのは容易なことではなかった。

ヘルマンに渡された本のなかに、メルヴィルの『白鯨』があった。訳すためでなく、孤独で話し相手もいない長い時間、少しでも心を軽くするために、ロベールはその小説を読んだ。すぐ手が届くよう、ベッド脇のナイトテーブルの上に置いておき、夜になるとページを繰った。そうしてはるか彼方の海原へ船出し、一人きりで眠りについた。小説の第九章のある箇所に、彼はこう読んだ。「さりながら、おお、乗組員の方々よ！　いかなる禍いの右舷にも、たしかな歓びはあるもの。しかも、その歓びの頂《いただき》は、禍いの底の深みよりも高く聳えているのです」

「そのとおりだ」とロベールは独りごちる。「幸福の頂はいつだって、傷の深さよりも高く聳えているものなのだ」。恐怖こそあれ、たとえ家族と離れればなれでも、父親であることの幸福感は苦しみを上回っていた。

# 13

ロベールがヘントの友人たちについて書いた「宴のあとで《ナー・ヘット・フェースト》」という詩がある。そのなかで友人たちは彼との別れを惜しむが、別れの真の理由は何なのか、読み手にはわからない。詩人は徐々に姿を消していき、友人たちのもとに残るのは彼の思い出、彼について抱いていたイメージだけだ。その詩を読むと、書き手はほかの誰も知らない何かを知っているように、語るつもりがないか、口にすることのできない何らかの秘密を隠しているように思える。ヘルマンはそれをロベールのもっとも優れた詩だと考え、親友が書いたものの文学的価値をフランドルの外にまで知らしめるために、人権を擁護して闘った世界の詩人たちのアンソロジーに載せようとした。

詩はこう謳っている。「ヘット・ウォルドトゥ・レーツ・ラート、デ・フェーストルース・イス・ヴォールベイ……」

夜が更け、話し声は静まりゆき
友達は疲れた顔で見つめ合っている
別れのときが来た、僕は片隅に行く
素早く、退屈な表情を消し去るために

最後の乾杯？　誰もが僕に幸運を祈る
けれど、その言葉で彼らが伝えたいのはもっと多くのこと
だから僕はいつもの役を演じて、一つひとつ
その夜に期待したことのすべてを諦めていく

夜が更け、話し声は静まりゆき
僕は心のなかで思う
もしかしたら、あの走り描きの諷刺画が
僕の本当の顔の写しではなかっただろうかと

〈カフェ・ド・パリ〉。ヘルマンと週に一度の待ち合わせの日だ。しかし今日、ヘルマンはやってこない。恋人のマルテが何日か休暇に出かけるので、見送りに行かなければならない。「心配しないで行っておいで」とロベールは言うが、失望は隠せない。「僕は大丈夫だ、安心してくれ」

カフェの小さなテーブルで、彼は翻訳について考える。そのいつ終わるとも知れない日々、ロベールの傍らにいてくれるのは作家たちだけだった。彼はその作家たちの世界に入り込み、訳すべき小説の声に耳を澄ませた。それらの声が、前に進み続けるために、生ける人々の声よりもはるかに彼の助けとなってくれた。孤独に暮らす者は、今ここにいない人々、長年会っていない人々、死者たちを友とすることを余儀なくされる。彼らはすぐそこに、日々通りですれ違う人たちと同じ次元にいて、その人たちと同様に現実の存在なのだ。歳を重ねたときも似たようなことが起こり、生きている人と死んでしまった人、それらすべての人の声を等しく思い出すようになる。「それにしてもおかしなものだ」とロベールは心の内で思う。「文学にいちばん近づいたのが、潜伏生活を送っているときだなんて」。銀行の仕事を辞めてから、かつてないほど多くの時間を読書と執筆に費やしている。外国の作家たちをオランダ語に訳しながら、ロベールは多くのことを学ぶ。異国の言語で語られていることを自分の言語で語り直すのは、人類未踏の地に入っていくのに似て、彼には楽しい。翻訳は、彼の眼の前に見知らぬ風景への窓を、あるいは同じことだが、いまだ書かれていない文章への扉を開いてくれる。

コーヒーの支払いを済ませ、ロベールは潜伏場所へと帰途につく。早足で、考え込みながら……。〈カフェ・ド・パリ〉に集う人々はフランス語で話している。あたかもそこにはナチスなどいないかのように、ゆったりと会話を楽しみ、彼らにとって人生は何の支障もなく前に進み続けているようだ。「僕の言語はもっとも豊かな言語ではない」とロベールは考える。「オランダ語で、フランスとドイツの偉大な伝統の狭間にある言語で書く理由は何だろう？」と自問する。「僕を人間として、世界のなかに位置づけてくれるからだ」と呟くと、地面に当たって砕ける雨粒を見つめて歩きながら、拳を握りしめる。「ヘントのフェレル通りの労働者たちの言語なしに、僕は僕ではありえないだろう」

ロベールは自転車の車輪の音、砂利道の音を聞く。速度を上げようと立ち漕ぎになる。早朝のうちに、一刻も早く鉄道駅に着きたい。空が曇っているので、夜明けはいつもより遅くなるだろう。そのほうがいい。雲の隙間からぐずぐずと光が差してくるのはまだ先のことだ。線路に架かった橋を渡ると、しばし自転車を止め、二人組で犬を連れて車両の見回りをしている警備員たちの姿を、欄干越しに認める。警備員は列車を注意深く点検している。怪しまれないよう、自転車は鉄道駅の入り口に停める。駅の煉瓦造りの塀に沿って歩いていく。煉瓦が上から崩れて、塀が低くなっているところがある。そこから飛び降りると、線路に敷かれた砂利が音を立てる。用心深く、軍の護送列車に近づく。ロベールは左右を見て、誰にも見られていないことを確認する。車両の下に潜り込む。油、土埃、湿気の入り混じった臭い。鞄からプラスチック爆薬を取り出す。起爆装置。そして太陽電池。列車がトンネルに入ると、光が消えてなくなったことに反応して起爆装置に信号が送られ、爆発するはずだ。列車をトンネルのなかで爆破させるのが、ナチスに与えることのできる最大の打撃だ。爆破された車両の残骸、大量の鉄くずと木材を撤去するには時間がかかり、戦争では時間を無駄にするのは死活問題だからだ。爆弾は、護送列車の中間の車両に仕掛けるのがいい。ロベールはそれを、連合軍から送られてきた映画を見て学んだ。レジスタンスの仲間たちと秘密集会で見たのだ。太陽電池はとても小さくて、車両の腹に磁石で貼り付けなくてはならない。自転車に乗っていき、爆弾を仕掛け、怪しまれずに家に帰ってくるのは、一人でこなさなければならない任務だ。ほかにも妨害工作の手段はある。たとえば、列車の進行方向を逸らすこともできるが、それには大人数が必要だ。あるいは、以前試そうとしたように、線路の継ぎ目に大きな釘を差し込む。しかし、そうしたところで、列車は釘の上を通過してしまうから、あまり効果的ではない。

ロベールは悪態をつく。太陽電池の磁石がつかない。何度やっても落ちてしまう。もう汗だくだ。時間は刻々と過ぎていき、犬を連れた警備員たちがすぐに戻ってくるだろう。小さなナイフを使って鉄の汚れを落とそうとする。ついに装着に成功する。警備員の足音が近づいてくるのを感じる。そこから出ることはできない。犬に臭いを嗅ぎつけられてしまう。即座に決断しなければならない。生きて脱出できる可能性は低いが、車両の下から抜け出し、線路を走って逃げることにする。曇りの天気が幸いするかもしれない。そのとき、遠くから誰かが口笛を吹き、警備員たちに駅舎に戻ってくるよう合図する。その一瞬の混乱を利用して、ロベールは車両の下から逃げ出し、煉瓦の塀を越える。何事もなかったかのように、自転車を取りに行く。しかし、そこには警備員たちがいて、自転車を調べている。ロベールは踵を返し、徒歩でゆっくりと反対方向へ向かう。

ふたたび雨粒。駅の方角から遠い爆発音。彼の足取りが速まる。

雨は一週間降り続けたあと、夕暮れ時になってやみ、六月特有の瑞々しい美しさをたたえた青空が広がった。胡桃の実のように見える雲は、すぐに別のかたちをとることだろう。ヘルマンに会いに〈カフェ・ド・パリ〉に向かったとき、ロベールの頭に次々と押し寄せてきた考えもまたそうだった。

二週間顔を合わせずにいたあとで、ヘルマンもロベールも会うのが待ちきれない。カフェで待ち合わせたが、日も長くなってきたことなので、青春時代のように散歩に出かけることにする。そしてかつてのように、さよならを言い出せぬまま、ブリュッセル旧市街の狭い通りを長いこと歩き回る。日が暮れると、街灯の青白い光が石畳に反射して、通りは陸で体をうねらせる巨大な魚のようだった。ドイツ軍は夜間外出禁止令を敷いていたので、そうして外にいるのは危険だとわかってはいたものの、二人とも話を中断させてしまいたくはなかった。

ロベールは、一人きりで長い時間を過ごしたことで物事が明瞭に見えるようになったかのごとく、ヘルマンに対していつになく直截的な話し方をした。

「ヘルマン、考えていたんだけど、やっぱり君の言ったことは正しかったようだ」

「おやおや！　信じられないな。ロベールが僕の言い分を認めるなんて。そんな光栄にあずかれるとは、いったいどういうわけだ？」

「昔、僕が恋愛を楽しもうとしない、臆病すぎるって非難しただろう。たしかにそのとおりだった。それと関連して、君にあることを告白しないといけない」

「何だ？」

「僕が彼女のどこに惹かれたか、わかるかい？」

「君のことだから、ヴィックの青い目だろう」

「そう、最初はそうだった。彼女の瞳から目が離せなかった。魔法をかけられたみたいに。でも、僕の心を鷲掴みにしたのは、彼女の言葉だった。機知に富んでいて……。ヴィックの知的なユーモア、話し方、そこにとにかく惹きつけられたんだ。でも、本題はここからなんだが、彼女を抱いたとき、互いの身体を知り始めてすぐ、僕らのあいだにたしかな、肉体的な絆が生まれたことに気づいたんだ。この女性には僕を身体の奥底から惹きつける何かがあるとわかった。彼女の肌の感触は僕にとってあまりに特別で、あの甘い香り……」

「続けろよ」とヘルマンは満足そうに言う。

「君は笑うだろうけど、彼女の肌の香りを嗅ぐと心が安らぐんだ、生まれたばかりの子供が母親に抱かれると泣きやんでしまうみたいに。それまで味わったことがない感覚だった。何だろう、教養とは関係のない、動物的な何かだ、言葉では言い表せない。ただ僕が言いたいのは、僕ら二人の関係がすごく肉体的なものに変化して、それは理性ではほとんど説明がつかないってことなんだ」

「前は別の考えだったな。今でも美と善は切り離せないものだと思うか?」

「もちろん」

「じゃあ、グスタフ・クリムトの絵の、あの陰影を帯びたエロティシズムは好きじゃないのか？　ホロフェルネスの首を手にした、華奢でいて力強い、ユディトの浅黒い美しさは？　金箔があしらわれたあの驚くべき絵に描かれた、彼女の誇り高い裸体はどうなんだ？」

「ああ、でも言わせてくれ、僕はそんなに変わっていないんだよ。それにクリムトの絵なら、僕は《女友達》という別の作品のほうが好きだ。そこに描かれているのは二人の友達で、一人は裸、もう一人は赤い服をまとっている。一人はもう一人の肩に頭をもたせかけている。そして裸にもかかわらず、その絵のもつ力は二人の娘の表情にあるんだ。これも間違いなくエロティックな作品だが、そのエロスは安らぎと結びついているんだよ」

「君がクリスチャンじゃないなんて信じられないぜ、ロベール。君の考えはほとんどキリストの言葉に近いじゃないか」

「そうさ、とくにキリストが不正を告発していたときの言葉に近い。それに、天国という概念も、僕が思うに、生きている者にとってはすごく都合のいいものだ。それで心穏やかになれるなら信じればいい。ともかく、僕自身は永続性よりも、その瞬間ごとに感じる愛のほうがよほど信じられる。超越的なものという考えには納得できない。恐ろしくすら感じるよ」

ヘルマンは鞄からある本を取り出す。

「超越といえば、話は変わるが、これが次に訳してもらう本だ」

「またゴミみたいなのかい？」

「いいや、これはいい本だ。ロルカの『イェルマ』」

「ほら、ロルカだって今ではスペインの進歩主義者のシンボルだ。でも、彼自身はアンダルシアの聖母マリアの肖像や、聖体行列を心から愛していた。人間にはいろんな側面があるものなんだよ……」

「そう、そのひとつが仕事だ。僕も明日仕事に行かないといけない。だから、家に帰るとするか！」

ヘルマンと別れたあと、ロベールは満足して家路につく。会合は和やかで、彼と一緒にいて本当に楽しいと感じたのは久しぶりのことだ。地面に視線を落とし、ヘルマンと話したことについて考えを巡らせながら、小股で足を急がせる。すると突然、歩道で女性とぶつかる。物思いに耽っていて気づかなかったのだ。二人は見つめ合う。「ロベール！」と女性が叫ぶ。何か月ものあいだジュリアンと呼ばれていたので、その名前を耳にするのは奇妙な気がすると同時に、自分の本名で呼ばれたことに警戒する。夜の液体のような光のせいでよく見えないものの、その女性が誰かただちに悟る。アリーヌだ。

「ブリュッセルであなたと遭遇するなんて驚きだわ！」

「君こそこんなところで」とロベールは状況が飲み込めず、口ごもる。「元気だった？」

「天使みたいに現われるんだから……」

「翼がないけどね」

「二、三か月前、グラシアーノとカルメンチュがビルバオから手紙を送ってきたのよ、あなたのために描いた絵も入っていたんだけど、どこの住所に送ったらいいかわからなくて」

「ここで翻訳の仕事をして、いくらか金を稼いでいるんだ」

「わたしも子供たちを連れてブリュッセルに来たの。ヘントでの暮らしは全然楽じゃなくて。家に訪ねてきてくれたらみんな喜ぶわ。雀のロベール、みんなの大好きな先生だもの……。グラシアーノもカルメンチュも、あなたのことばかり書いているわよ」

「まさかそんな」

「ともかく、夜遅くにこんなところで話すのもあれよね。土曜の昼過ぎにいらっしゃいよ。ブリュッセルの中心部に住んでいるの、叔母さんの家よ」

「わかった」とロベールは迷うことなく約束し、アリーヌと別れの握手をする。

カルメンチュの名前を聞いて、ロベールは動揺した。カルメンチュの近況がわかるのだ、自分のために描いたというその絵にはきっと、今どんな暮らしをしているのか察する手がかりがあるはずだ、と思うと一晩中落ち着かず、寝返りを打ってばかりいた。あの子をファシストたちのもとから助け出し、またヘントへ連れてくるにはどうしたらいいだろう？この状況では容易ではなさそうだった。

ベッドに横になり、ロベールは運が上向いたような気がしていた。ヘルマンとこのうえなく楽しい午後を過ごし、かつての深い友情にまた近づくことができた一方で、今度はカルメンチュの消息が摑めそうだった。

土曜日、ロベールはアリーヌの家の呼び鈴を鳴らす。子供の声は聞こえない。二度目に呼び鈴を鳴らす。一瞬迷い、自分のアパートに戻ろうとする。「今出るわ！」とアリーヌが家のなかから言う。しかし扉が開いたとき、そこに彼女の姿はない。廊下にいるのは、鉄底のブーツとヘルメットを身につけたナチスの兵士だ。

彼らは蛇の敏捷さでロベールを捕らえる。ロベールは信じられずに、アリーヌの顔を見つめる。彼女は狂ったように叫び出す。

「奴ら、わたしの子供を奪ったのよ、ロベール！　子供たちを殺すって脅されたの！」

ドイツ兵たちはアリーヌも拘束する。口を塞ぎ、頭を床につけさせる。彼女はロベールに目で訴えている。「許して、許して」

# 14

あちこち探し回って、ヴィックはようやくロベールの居場所を突き止めた。アントワープの刑務所に収監されていたのだ。彼はそこの狭く湿っぽい独房に二か月間いた。七月から八月にかけてのことだったが、ヴィックが夫と面会できたのはたった一度きりだった。ロベールと向かい合ったとき、彼女は夫の様子がおかしいのに気づいた。痩せこけて、心身ともに憔悴しきっていた。皮膚は痣だらけだった。視線は定まらず、自分の殻に閉じこもっていた。ヴィックの話も聞いていなかった。ほとんどずっと黙り込んでいた。拷問の効果は明らかだった。鉄のベッドに裸で寝かされ、濡れた身体に電流を流されたのだ。

彼がどもりながら呟き、ヴィックに理解できた言葉のなかで、彼女の記憶に留まったのはこれだけだ。

「誰の名前も出さなかった」

「名前を出したって、ロベール、そうしたからって……」

一九四四年八月三十一日、ロベールはアントワープからドイツの強制収容所へ向かう列車に乗せられた。移送させられるとわかったとき、ヴィックと彼女の家族は抗議し、彼は結核が治ったばかりで、移送には耐えきれないと申し立て、当局を説得しようとした。無駄骨だった。あらゆる手を尽くしたが、何の成果もなかった。ロベールをドイツへ運んだその列車は、アントワープから絶滅収容所に向けて発った最後の列車だった。以後、地獄行きの列車が出発することはなかった。それが最後だった。

輸送に使われた家畜用の貨物車から、木の板の隙間を通して、ロベールは線路に小さな紙切れを落とした。紙切れには、彼の名前と住所が表に、彼と列車に乗っていた別の男性の名前と住所が裏に書かれていた。

ダイツラント　ロベール
ヴァン・エーヘルプール
ヴァン・ディーペンベーク通り五六番地

そして裏面に、

ルールス氏
オローニ通り一〇九番地
アントウェルペン　アレス・ヒュードゥ

詳しい経緯は不明だが、誰かがその紙切れを線路脇で見つけ、ヴィックの家族に届けた。「ダイツラント」とロベールが書いたのは、行き先はドイツだとはっきりさせるためだった。その下には、アントワープのヴィックの実家の住所。家族は「ロベールはドイツにいる。列車で移送されたんだ」とヴィックに知らせた。

「アレス・ヒュードゥ」と、ヴィックはメッセージの最後に書かれているのを読んだ。

「万事順調」

その列車がロベールをドイツに輸送したのと同じ日、ヴィックは日記をつけ始めた。彼女はそこで夫に向けて、一日のあいだに起こったことをすべて語った。それは送られることのない手紙で、ロベールに宛てられてはいたが、決して家から持ち出されることはなかった。その手帳には、ヴィックの不安、喜び、苦しみ、幼いカルメンの成長、戦況、ロベールとの再会への期待など、ありとあらゆることが書き綴られている。

一九四四年十二月二十七日
あなた、ほんの数日のうちにいろんなことが起こったのよ！

ベルギーは完全に解放されたけれど、ドイツ軍がまた攻撃を仕掛けてきて、マース川が占領されました。クリスマスまでにあなたが帰ってくることを期待していたけど、だめだったわね。

家にはたくさんの人が集まりました。両親と妹のイェット、友達のジェニーとアニーに、信じられないでしょうけど、ポーランドの兵隊さんが三人。とても感じのいい人たちだった。クリスマスに家に招いてもらえてどれだけ喜んでいたことか。それで思ったの、もしかするとあなたのこともどこかの家族が迎え入れてくれたかもしれない、そしてわたしたちがあのポーランド人たちをもてなしたように、あなたのことも温かくもてなしてくれたかもしれないって……。

愛しています、お願いだから早く帰ってきて。

ヴィックとカルメン

その頃、アルデンヌの戦いが起こった。ノルマンディー上陸のあと、連合軍が勝ち戦のつもりでいたところ、その不意を突いてドイツ軍がアルデンヌ地方の森林地帯を攻撃し、アントワープの港を押さえようとしたのだ。最初のうち、その攻撃は実を結んだかに思われた。ドイツ軍はアントワープから百キロのところまで侵攻することに成功した。七万五千人のドイツ兵が攻撃に加わり、最強の戦車部隊が投入された。ところが、霧のために進軍はままならず、連合軍に反撃のための時間を与えてしまった。そうして前線は一部突出《バルジ》するかたちとなった。そのためにバルジの戦いとも呼ばれている。一九四五年一月まで連合軍は激しい攻撃を加え、ついにドイツ軍は退却を余儀なくされた。

ドイツの側から戦況を好転させようとした試みはそれが最後だった。そこからドイツ軍の敗走が始まった。ナチスの軍隊が勢いを失ったことにより、東部戦線はあっという間に前進し、ソ連軍が米軍よりも早くベルリンを陥落させたのはそれが原因だと考えられている。また、血みどろのアルデンヌの戦いのあとで、連合軍のほうも進撃に遅れを取ってしまった。事態は想定されたほど早くは進展しそうになかった。アルデンヌの戦いは悪天候だったことで記憶されている。大気は冷え込み、雪が降りやまなかった。兵士たちにとって最悪の条件だ。アルデンヌの戦いについて書いた人物に、ロベールがかつて知り合った作家がいた。アーネスト・ヘミングウェイだ。

イェットはヴィックのいちばん下の妹だった。戦争でヨーロッパにやってきたアメリカ人パイロットと恋に落ち、アメリカ合衆国オハイオ州に移住した。カルメンの叔父にあたるそのアメリカ人は、いわゆるDデイに参加したので、その日を祝うために妻と毎年ヨーロッパに旅行した。その機会を利用してカルメンにも会いにやってきた。「二人とも幸せでしたよ、一緒に幸福な年月を過ごして」とカルメンは彼らについて話してくれた。

ヴィックの日記に書かれているポーランド兵たちのことで、カルメンは母から昔聞いた別の話を思い出した。そのクリスマスは、ちょうど彼女がおむつを外す練習をしていた頃だったのだが、兵士たちが居間を寝室代わりにしていたので、幼いカルメンはそこに入ることができなかった。それまで、カルメンは便意を催すと、居間の片隅に行ってそこで用を足す習慣だった。食器戸棚の裏に隠れてするのだ。しかし、ポーランド兵たちがやってきてからはそれができなくなってしまい、子供は泣き出した。

母親がすぐに気づいて、カルメンをトイレに連れていくと、戸棚からおまるを出し、それを指差して言う。

「これからはここでするのよ、おちびさん」

一九四五年一月七日
お父さんへ。

あの子の具合が悪いの。高熱を出して、お腹が痛いと言っています。明日にはよくなっているといいのだけど。

いちばん上の姉のティルダと旦那さんのボブ、それに娘のゲルダが今日、アントワープから到着しました。V1飛行爆弾で攻撃を受けたとき、みんなあそこにいたのよ。ボブと娘はわたしたちのところに残るけれど、ティルダは帰らないといけないの。学校の先生だから、仕事を放ったらかしにはできなくて。姉さんのことが心配だわ……。

そしてロベール、あなたのことを誇りに思っています。

抱擁を。


ドイツ軍のV1、V2ミサイルは、アントワープに凄まじい恐怖を引き起こした。使用され始めたのは一九四四年十月、戦争末期のことだった。アントワープの街は百五十四日間にわたって空襲を受け、幾千ものV1、V2が降り注いだ。それは殺傷力の高い強力な兵器だった。たった一発で何十もの建物を破壊することができ、数百人の死者を出した。

長い発射台を用いてドイツから発射された。空を横切って目標地点に到達する様子は目で追うことができた。飛翔速度は飛行機よりも速く、時速六百キロメートルに達した。巨大な虫のような音を立てて飛ぶことから、イギリス人はバズ・ボム、ドゥードゥルバグなどと呼んだ。しかし、ジェットエンジンが切られると急に静かになるので、人々はもうすぐミサイルが墜ちてくるとわかった。そのことが恐怖を倍増させた。この爆弾がとりわけ目的としたのはまさにそれ、市民のあいだに恐怖と絶望感を広めることだった。

この爆弾による被害がもっとも大きかった都市がロンドンとアントワープだった。一九四四年十二月十六日の午後三時二十分、V2ミサイルがデ・ケイゼル大通りの映画館レックス座を直撃した。五百人以上が死亡した。ゲイリー・クーパーの主演映画『平原児』を観ていた人々だった。以後、市内の劇場と映画館は閉鎖され、五十人以上が一か所に集まることは禁じられた。

アントワープでもっとも空襲の激しかった時期には、二十分ごとにそうした爆発があった。住民は夜を市外で過ごし、昼間は市内に戻って仕事をした。

攻撃を回避するために、イギリス、アメリカ、ポーランドの軍隊は合意を結んだ。航空機の翼をミサイルに接触させ、進路を逸らせたパイロットたちもいた。そうした戦略によって、終戦間際には、爆撃地に到達するミサイルはわずか一〇パーセントにまで減っていた。

しかし、ヴィックの姉にとっては手遅れだった。ティルダはＶ１、Ｖ２ミサイルの爆撃のために発狂し、精神病院で生涯を終えた。

# 15

ロベール・ムシェは九月二日、ノイエンガンメに到着した。ノイエンガンメ強制収容所は、ハンブルク近郊のエルベ川沿いにあった。煉瓦工場の跡地に収容所が建設されたのは一九三八年のことだ。最初の数年間、囚人に課された作業は煉瓦造りだった。それに加えて、たとえばエルベ川から水路を引くといった作業もあった。収容所はすぐ手狭になってしまったので、周囲にいくつもの衛星キャンプが増設され、煉瓦やその他の物資を運搬するために、建物同士を繋ぐ水路が開かれた。

戦争が始まって最初の数年間、囚人の労働力は、軍需品を製造するため、さらにハンブルクとブレーメンでは、連合国の空襲を受けたあと、通りから不発弾を撤去するために用いられた。一九四三年四月十七日には、ノイエンガンメの囚人六名が、道端の不発弾を回収しに行った際に空襲に遭って命を落とした。彼らは防空壕に入ることを許されなかったので、外に置き去りにされたまま飛行機の攻撃に晒されたのだった。

作業がいかなるものであったにせよ、成果は二の次だった。囚人たちは、しばしば意味のない作業をすることも強要されたからだ。たしかに、囚人たちは工場や公共工事で第三帝国に奉仕するために働かされたのだが、その最大の目的は、主人と奴隷のシステムを確立することだった。主人はナチスであり、彼らにとっての社会の理想から外れた者はみな奴隷だった。ユダヤ人、共産主義者、外国人、同性愛者、ジプシー、レジスタンスの活動家。こうした人々の未来は奴隷になることであり、ナチスは支配下に置いた者たちにそれをはっきりさせようとした。作業の最終的な目的はつまりそれ、囚人たちにその新たな状況を受け入れさせることだった。そのため、親衛隊員たちは囚人たちとほとんど接触せず、言葉を交わすこともなかった。彼らの考えでは、高等な人種である自分たちが、そうした下等な奴隷たちと会話するなどという汚らわしいことはもってのほかだった。その役目は、カポと呼ばれた看守たちが担った。彼らもまた拘留者で、監視役となった囚人たちだった。そして多くの場合、もっとも残忍だったのは彼らだった。

結局のところ、第三帝国にとって囚人は人間ではなく、したがって人間として扱われるに値しなかった。ナチスは、彼らの生きる意欲を根こそぎ奪い去ろうとした。強制・絶滅収容所では、飢餓が組織的に利用された。飢えはまたそれ自体が、囚人たちの意志を挫き、尊厳を踏みにじるための手段でもあった。食料は働くために必要な分だけで、それ以上は与えられなかった。胃は小さくなり、骨が痛み始め、歯が弱くなった。しかし往々にして、最悪の事態は飢えることではなかった。実際に何よりも苛酷なのは恐怖だった。夜は悪夢となった。その闇の奥から抜け出し、次の日の出を目にするのは、誰にとっても大きな慰めだった。森の獣たちのように、一夜を無事に乗り切れば、生きてまた日の出を迎えられる。宵の暗闇に不安のあまり怯えきって、囚人たちは眠りにつくことすらままならなかった。

ごく小さなことが恐慌を引き起こすには充分で、ほんの些細な物事が、知らぬ間に致命的なものになりえた。たとえば、一足の靴。日常生活ではあまりにありふれたものだ。ときたま、囚人たちには左右のサイズが不揃いな靴が配られた。つまり、一方は自分のサイズだが、もう一方は大きすぎるか小さすぎるのだ。そしてサイズの合わない靴を、しかも左右ばらばらの大きさで履いていると、足に靴擦れができる。飢えて衰弱した人にとって、その小さな傷はやがて耐えがたい痛みとなり、少しずつ命を奪っていく拷問と化した。というのも、不衛生な状況でその傷は悪化し、化膿した傷からまず壊疽が進み、その後死に至ったからだ。サイズが違うというだけで何の変哲もない一足の靴がもたらす、苦悶に満ちた長引く死。

ノイエンガンメ強制収容所はまた、物理学者アルフレート・トルツェビンスキが行なった実験でも有名になった。トルツェビンスキはソ連出身の囚人たちにチフス菌を接種し、その後の経過を研究した。しかし、それ以上に凄惨な出来事があった。一九四四年、クルト・ハイスマイヤー医師はアウシュヴィッツから特別に移送されてきた二十名のユダヤ人の子供を使って、結核を予防するワクチンの実験を始めた。子供たちにどのような症状が出たかを記録した写真が現存している。一九四五年四月、連合軍が近づいてきていると知った当局は、自分たちの犯罪を隠蔽するために、ハンブルクのブレンフーザー・ダム学校でその二十人の子供を虐殺した。

ノイエンガンメでは、一九三八年から四五年までに約十万五千名の囚人が死亡したとされるが、そのほとんどは最後の数年間に亡くなった。一九四四年から四五年にかけてはとりわけ過酷な時期だった。その冬、平均して月に千七百名の囚人が命を落とした。たとえば一九四五年二月には、寒さと劣悪な環境のために二千五百名の死者が出た。

収容所長はマックス・パウリー親衛隊中佐だった。

ロベール・ムシェがノイエンガンメにいたのはその時期のことだ。

45035が彼の番号だった。

列車は夜間に到着するが、ロベールは車両の木の板の隙間から、鉄塔からの強い光に照らされた大きな駅を見る。何本もの線路が平行して走っている。SS隊員が車両の重い扉を開け、なかにいた者たちに降りるよう大声で命じ、押し出そうとする。移送されてきた人々は、三日間車両にすし詰めになって運ばれたあとで、全身の筋肉がこわばってしまい、足を動かすこともままならない。「早く、早く」と命令が飛び、車両に渡されたスロープを伝って降りていく憔悴しきった囚人たちのふくらはぎに犬が嚙みつく。「ミュッツェン・アプ！」と兵士たちは怒鳴る。「ミュッツェン・アプ！」ロベールの横にいた老人が眉を持ち上げ、何を言っているのかわからないという表情をする。「帽子を脱ぐようにと言っています」とロベールは通訳する。「帽子を取れと」。鉄条網と監視塔が見える。真っ暗な空の下、サーチライトの光、刺すように強烈な光が目に直接向けられる。

駅舎の横にある巨大なバラックに全員が収容される。到着したばかりの人々は真っ先に壁に近づき、まるで臆病な犬のように、所狭しと並んで背中をもたせかける。その新たな、苛酷な状況に慣れぬまま、ほとんど眠ることもできない。

明け方に起こされると、衣服を脱ぎ、丸裸になるよう命じられる。裸になったところで、大きなナイフを使って、顔だけでなく全身の毛を剃られる。ロベールは、下半身を人に触れられるのを嫌って涙を流している司祭を目にする。その後、白いタイルが敷かれたシャワー室に連れていかれる。天井から水が落ちてくる。最初は火傷するほどの熱湯が、のちに氷のような冷水に変わる。水が止められる。裸で水を滴らせたまま、中庭に出される。そこでじっとして、九月のかすかな陽だまりで身体を乾かす。最後に新しい服が与えられる。ズボンとシャツと帽子、すべて縞模様。それに一足の靴。

ロベールのシャツには、赤い三角形の布が胸元に縫い付けられている。共産主義者に割り振られた赤の三角。その脇には、姓名の代わりに４５０３５の数字。

悪臭漂う車両での長い移動と、収容所に到着したとき、その最初の数日がもっとも困難だった。囚人にとって、それは別世界へ、まったく異なる未知の世界へ行くこと、すでに戦時中の辛酸を舐めていたにせよ、生ける人々の日常生活から地獄へ向かうことを意味した。囚人たちの目に、物事は白から黒へ、希望は絶えざる苦悶へと転じた。そんなふうに突如として人生が一変したことこそが最大の打撃だった。彼らはそこに来るまで、この広い世界でそのような場所が存在しうるとは思ってもみなかった。人に対してそれほど残酷な仕打ちがありうるとも。何もかもが恐怖を抱かせるために計画され、家畜用の貨物列車、犬の攻撃、殴打、怒鳴り声、陰部の毛を剃ること、そうした細部のすべてが戦慄を引き起こすために考え抜かれていた。

服が配られると、囚人たちはそれぞれのバラックに収容される。バラックは簡易寝台で埋めつくされている。マットレスは藁でできていて、袋を繋ぎ合わせたものが毛布代わりだ。寝台は二人にひとつ。それぞれ違う方向を向いて寝なければならない。

突然大きな物音がする。親衛隊とカポが扉から入ってくる。新入りの囚人たちは整列させられる。カポが彼らを棍棒で滅多打ちにする。老人が床に倒れるが、それでもなお蹴りつける。老人は呻き声を上げ始める。SS隊員の一人が、もう充分だ、やめろ、と命じる。暴行された老人は床から抱え起こされ、バラックから連れ出される。彼の姿が目撃されることは二度とない。

ロベールにとって、最初の数日はまったく気持ちのいいものではなかった。独房に隔離され、天井の梁から吊るされたまま何時間も放置されたうえ、食べ物も与えられなかった。それもみな、そこで本当に力を握っているのが誰かを見せつけるためだった。「ロシア人」と呼ばれていたそのカポを、ロベールは心の底から憎んだ。誰かを殺したいとそれほど激しく望んだことはなかったが、その男だけは自分の手で絞め殺してやりたかった。ロベールはそんな自分に驚き、教養ある平和主義の青年だった自分がどうしたらそんなふうに思えるのか、それほどまでに刺々しい感情を抱くとはどうしたことか、と衝撃を受けた。自分自身とは思えなかった。

ノイエンガンメの囚人にとって、死は日々の同伴者、もう一人の仲間で、彼らよりも強靭な存在だった。病人は注射で命を絶たれた。裁判もなく処刑されることも頻繁にあり、政治犯はそうして、監視塔からの発砲により始末された。埋葬では囚人たちの楽団が音楽を奏でた。楽団は、夜間に出た死者を焼却所に運ぶときだけでなく、親衛隊のパーティーでも演奏することを強要された。そして日曜の午後、天気の良いときには、拘留者全員のために。

そこで初めてベートーヴェンの曲を耳にしたとき、ロベールは胸がいっぱいになった。家で友達やヴィックと一緒に聴いていたのと同じ音楽がそこで、ノイエンガンメで鳴り響いている。ナチスはベートーヴェンがお気に入りで、その音楽を満喫しているようだった。ロベールは自分のなかの何かが盗まれたように、自分の過去が汚されたように感じた。ブリーゼの家でベートーヴェンを聴いたときのこと、自宅の書棚に飾ったいくつもの彫像、ヘルマンがくれた結婚祝い。そして、ベートーヴェンその人の姿が脳裏に浮かんだ。交響曲第九番をウィーンで初演したあの日、オーケストラと合唱団を確保するために多額の借金をした挙げ句、王室専用のボックス席は無人で、作曲家はコンサートのあいだ、演奏者たちから片時も目を逸らさずにいた。演奏が終わると、観客席から割れるような拍手が起こった。ベートーヴェンは振り向きもせず、付き添いがコンサートの成功を知らせなければばならなかった。巨匠はオーケストラから目を離さず、今まさに音楽を生み出している彼らを食い入るように見つめたまま、演奏の仕方を気にかけ、世界で起きていることは彼の眼中になかった。

人は最悪の状況にも慣れるもので、ロベールもノイエンガンメの生活、収容所の厳格な規律に適応していった。それにあたってはヘント出身の若き弁護士、アンドレ・マンデリンクスの助力があった。彼はノイエンガンメにおけるレジスタンス運動の中心人物の一人だった。収容所にやってきた活動家の世話をし、自分の作業班に入れることで、親衛隊からましな扱いを受けられるよう取り計らった。彼の班は、たとえば水のなかに入って運河を建設するといった、もっともきつい仕事に就くことを免れた。政治犯は組織化されていて、それが囚人たちを目に見えないかたちで保護していた。アンドレ自身は、戦争初期にノイエンガンメに移送されてきた。嘘のような話だが、彼はそこで何年も生活し、収容所でどうにか生き延びる術を知っていた。まだ若かったが、最古参の一人だった。その荒野を生き抜くためのあらゆる策略をアンドレは心得ていた。

ロベールはレジスタンス運動のメンバーたちと接触した。モーリス・ド・ヒュラース、ヤン・エーヴェラールト、そしてとくにマックスことヴァレール・ビリエットと親しくなった。マックスは地理学者で、ヘント大学の教授だった。鉱物の調査でアフリカに長く滞在したことがあった。彼は休憩時間にロベールと話すのを楽しみにしていた。

「アフリカでは、ダイヤモンドのために多くの人が命を落としている」と彼はあるとき、小さな鉛筆を手にして言った。「だが結局のところ、鉛筆の芯もダイヤモンドも基本となる成分は同じ、炭素だ。特定の条件下では宝石に変化し、鉱物のなかでもっとも硬く耐久性のある物質になる。だが、鉛筆を手に取ってごらん。紙に押しつければ、すぐに芯が砕けてしまうだろう。だからこそ、その脆さのおかげで書くことができるんだ。ヨーロッパでも、高度に文明化されたはずのこの大陸で、戦争などという気違い沙汰が起こるには、特定のいくつかの条件が生じなければならなかった。私は、宝石よりもこの小さな鉛筆を選ぶ。これがあれば、ここで起きているすべてを書き留めることができるじゃないか。そうして書かれたものは一粒のダイヤモンドよりも長く残るはずだ」

# 16

一九四五年一月二十一日

ロシア軍がベルリンから百五十キロ足らずのところにいるのよ！　ついに勝利と平和がやってくるんだわ。

わたしの声が聞こえる？　どこにいるかわからないけれど、あなたのことをいつも考えていると知っていてほしいの。わたしのために、そして娘のために、どうか耐え抜いてちょうだい。あの子はもう上手にしゃべれるようになって、とても賢いの。お父さんに会いたがっているわ。

最後に二人からのキスを送ります……。

一九四五年二月二日
戦況についてのニュースはこれ以上良くなりようがないくらい。三月か四月には終わっていることを願います。あなたが帰ってくる日は、わたしの人生で最高に幸せな一日になるはず。結婚式の日よりも、わたしたちの娘が生まれた日よりももっと幸福に感じることでしょう。そのときから新しい人生を始まるのだから、そしてこの苦しみ、この喪失感が過去のものになるのだから。

一九四五年三月十二日
愛しい人へ。
朗報が続いています。連合軍がライン川に橋を架けて、ケルンを占領したの。囚人たちがドイツから戻ってきています。わたしたちもうすぐ一緒になれるのね……。

一九四五年三月二十一日
モントゴメリー将軍がライン地域に攻撃を仕掛けてから数日が経ちます。連合軍は大きく前進しました。フランクフルト、ヴィースバーデン、ダルムシュタットが陥落したの。歴史的瞬間よ！　毎日、何千もの囚人が帰還しています。わたしはあなたが帰ってきたときのために、いろいろと計画を立てているところ。

あなたの友達は誰も家を訪ねてきません。なぜかしら。きっとわたしはあの人たちにとってそれほど重要じゃなかったのでしょう。悲しいことだわ、少しでも愛情や理解を示してくれたら嬉しかったのに。少なくともご近所では、アリンクス夫妻がわたしのことを多少は気にかけて、一緒に夕食を食べないかとよく声を掛けてくれるのがせめてもの救いです。

お願いだから、早く戻ってきて！

ヴィック

一九四五年四月十九日
ラジオで毎日、強制収容所で起こった惨事がニュースになっています。ゲシュタポの手にかかって数え切れないほどの人が命を落としたそうよ。あなたはどこにいるのかしら？　どれほどの苦しみを味わわなければならなかったの？
何か一言でいいから送ってちょうだい、あなたなしでは生きられない。お願いだから、拷問に耐えて、家に戻るためにできることは何でもして。
わたしも娘も、あなたを愛しています。

ヴィックにとって、夫を待つ時間の長さを忘れさせてくれるのは娘だけだ。娘と一緒にいると、時間の流れが早くなる。カルメンはどんどん成長し、目にするものすべてから何かを学んでいる。母が泣いているのを見れば、彼女もその傍らで泣く。母が祈る姿を見れば、彼女もその横で膝をつき、お祈りの真似をする。

あるとき、家事をしていたヴィックの視界から子供の姿が消える。居間にいるのだろうと思うが、そこには見当たらない。ヴィックは不安に駆られる。ほかの部屋を探し回っても見つからない。そこでふと、カルメンはお風呂に物を投げ込んで遊ぶのが好きだったので、もしや浴槽に落ちてどこか悪いところを打ったのではないかと心配になり、浴室に向かう。

カルメンは浴室にいた。母親に言われたとおり、おまるに用を足そうと踏ん張っているところだった。ただし座ってではなく、ズボンを脱がずにおまるのなかに入り、立ったままで。そんな子供の姿を見て、ヴィックの顔に笑みがこぼれる。

# 17

レジスタンスの仲間たちと合流してから、ロベールの健康状態は目に見えて回復した。互いに助け合うことができたばかりでなく、自分の役割があり、明日起こすべき行動があるということが生き続ける力を与えてくれた。目覚めは日毎に良くなっていった。

ノイエンガンメ強制収容所における抵抗運動は多岐にわたった。偽装書類を手配したほか、拘留の最後の時期には武器も入手したものの、活動家たちはそれを使うことができなかったか、使う危険を犯そうとしなかった。

ロベールはドイツ語が話せたので、ドイツ人政治犯たちと親しくなった。彼らはときに兵士たちと話す機会があり、事態がどのように推移しているか聞かされていたため、戦況にはいちばん詳しかった。連合軍はどんどん近づいてきているから、この気違い沙汰も遠からず終わることだろう……。

ロベールのおもな役目は、そうした情報を囚人たちのあいだに広めることだった。つまり、希望を広めること。この地獄も終わりが近いと、数週間すれば全員が家路につけるはずだと伝えること。ナチスの目的が、囚人たちに死の脅威のほかは何も考えられなくなるよう仕向けること、苦悶と屈辱を味わわせることだったのに対し、レジスタンス運動のグループは言葉を用いて、口伝えで情報を広め、士気を高め、希望を蘇らせることでナチスと闘った。言葉こそが、彼らのささやかな武器のなかでもっとも強力なものだった。

その秘密裡の活動を通じてロベールは生き返った。人々に勇気を与えるその役目をこなしながら、もうすぐヴィックとカルメンのもとに帰れると知ったことで、生きる喜びがふたたび湧き上がってきた。かつてヘルマンに宛てた手紙に書いたように、ロベールには人生で何より大切なことが二つあった。「愛と正義」。その二つの目標をもつことで、ロベール・ムシェはその長く厳しい冬を耐え抜いた。

一九四五年四月十五日、ハインリヒ・ヒムラー司令官はノイエンガンメ強制収容所からの撤収を命じた。

連合軍にとって、次々と解放していった収容所の悲惨な状況は身の毛のよだつものだった。そこで起こったことはとても信じがたかった。そしてその惨状は世界じゅうで反響を呼びつつあったので、ナチスはそこで行なわれた虐殺を隠蔽すべく、収容所からの撤収に着手した。ヒムラーは連合軍がすぐそこまで進軍していることを知ると、ドイツ最大の収容所からの撤退を命じた。ノイエンガンメと九十六の衛星キャンプにいる囚人全員を、一刻も早くリューベック港へ移動させること。命令はすぐさま実行に移された。一九四五年四月十九日から二十六日のあいだに、一万一千人の拘留者がノイエンガンメからリューベックへ、一部の者は列車で、残りの者は徒歩で到着した。

それと同じだけの人数が道中で死亡したと見られる。

楽団のメンバーが呼び出され、収容所の入り口で演奏するよう命じられる。何千もの囚人がその脇を通って線路へ向かう。列車が満員になると、ほかの者たちは徒歩で行くよう指示を受ける。ヒムラーがノイエンガンメからの撤収を急いでいるので、早急にリューベックに辿り着かなくてはならない。

その間、楽団は幾千もの足音をかき消しながら演奏を続ける。収容所が空になり、楽団員以外は誰もいなくなると、ナチスは霊柩車に楽器を積み、ハンブルクへ向かわせる。ヴァイオリン、ヴィオラ、コントラバス、トランペット、トロンボーン。楽器を載せた霊柩車は、親衛隊のバイクに両側から警護され、厳しい監視のもとにハンブルクまでの道のりを走行する。後部に誰にも奪われてはならない宝物を積んで。

それは寒く、花のない春だった。晩春の野原ではチコリの花が満開になっているはずだったが、草地は青々としているのに、花はどこにもなかった。まるで花までもが怖れおののき、恐怖のあまり土の下に隠れてしまったか、誰かが花を独り占めするために、野原全体を鎌で刈り取ってしまったかのようだった。

「これは飢えの徴《しるし》だ、ロベール」とマックスが説明する。「チコリの花は食べられる、だからどこにも残っていないんだ」

ノイエンガンメからリューベックへ、内陸から海岸部へ向かう道のりを徒歩で行く囚人たちは、陰鬱で荒廃した土地を目の当たりにする。道路は陥没とひび割れだらけだ。道端には、口を開け、目元に新月のような隈のある、打ち捨てられた死体。ひと気のない村々、崩れ落ちた家、すべてを覆い尽くす沈黙。囚人たちはほとんど立ち止まることなく、小股で歩いていく。遅れることはできない、遅れをとった者は射殺される。少なからぬ人が、おぼつかぬ足取りで歩き続けることもままならず、そこで死んでしまうのがいちばんだと思う。解放されるには死ぬしかない、そうすれば苦しみから逃れられる、と。

農場を通りかかれば食べ物を、ビーツやジャガイモが残っていないかと探す。しかし畑は荒らされていて、土を掘り返した跡は生々しく、化膿してまだ閉じていない傷のようだ。見つかるのはせいぜい、傷だらけで腐りかけた蕪ぐらいのもの。マンデリンクスは黴びたジャガイモの皮を見つけて口に運ぶ。

「それは食べるな、毒だぞ」とマックスが言う。

夜は廃墟となった工場や教会で過ごす。穴の開いた屋根からは、地上で起きていることとは無縁のように揺るぎない、いつもの空が見える。教会の聖水盤も水が涸れていて、水の残した跡は閉じた瞼のようだ。囚人たちは喉が渇いている。村の女性がその一人に水を差し出すと、SS隊員は彼女を蹴り殺す。コップの水が地面にこぼれる。いつもそうなるとはかぎらない。ある農民がロベールに近づき、サラミソーセージとパンを手渡して言う。「家《うち》の息子も、誰かにこうして助けてもらえるといいんだが」。ロベールたちは食べ物を取っておき、長い道中に少しずつ齧ることにする。

五日間歩き続けた末、リューベックに辿り着いたときは死人も同然になっている。食事として与えられたのはスープだけだった。多くの人が道半ばで命を落とした。わずかだが逃げ出すのに成功した者もいた。親衛隊は逃亡者に発砲したが、銃弾は木々に食い止められ、幹を震わせたかと思うと、緑の葉からは水滴が落ち、遅れた雨となって降り注いだ。

イギリス軍の航空写真に写ったリューベック湾は船舶で埋め尽くされ、ドイツ軍は残った艦隊をすべてそこに集結させているようだった。何隻かは埠頭に係留されていたが、多くは湾内に停泊していた。そのなかで最大の船が、大西洋横断客船カープ・アルコナ号だった。

カープ・アルコナ号は二万八千トンの豪華客船だった。一九二七年に完成し、ハンブルクからリオデジャネイロ、ブエノスアイレスへ就航した。優美な姿で軽やかに疾走する、その船はドイツ海軍の至宝だった。戦前は船体が白く塗られ、煙突は赤と黒だった。職を求めて南米へ向かう人々を運んだが、上の甲板には富裕層の旅行客も乗せていた。厨房には五十キロのキャビアと六千キロの鶏肉が貯蔵されていた。「リリー・マルレーン」を書いた詩人ハンス・ライプは新婚旅行でこの船に乗ったし、ナチスのプロパガンダ映画が船上で撮影されたこともあった。しかし、戦争が勃発すると何もかもが変わった。まず将校たちの部屋が用意され、その後、ソ連軍がドイツ東部に侵攻すると、二百万人の市民を救出するために使われた。

今、その巨大な船はリューベック湾に停泊し、イギリス空軍の航空写真に写った姿は、カムフラージュのために灰色に塗られ、かつての魅惑を失っていた。

ノイエンガンメの囚人たちはリューベック港に着くやいなや、ティールベック号という名の貨物船に乗せられた。下の船倉に収容され、明かりもない場所に放置された。息をするのもひと苦労だった。床にひとつ穴が開けられ、それが便所の代わりだった。何日ものあいだ、囚人たちはその状態で過ごすことを余儀なくされた。たちまち床は糞尿にまみれ、悪臭が耐えがたいほどになった。看守たちがごくたまに扉を開け、囚人たちの頭上から食べ物を投げ込んだ。誰もがほんの少しでも外気に当たろうと、青空を垣間見ようと必死になった。

ティールベック号が満員になると、アーテン号が残りの囚人たちを大型客船カープ・アルコナ号へ輸送し始めた。そして舷側《げんそく》につけたが、カープ・アルコナ号の船長は囚人たちを乗船させることを拒否した。アーテン号はカープ・アルコナ号に接したまま一晩中待機した。最後には、その前にアーテン号で起きたのと同じように、カープ・アルコナ号の船長も、船主ともども銃殺すると脅迫された。そしてSS士官の命令を受け入れざるをえなかった。人を輸送するために造られていたとはいえ、カープ・アルコナ号には数百人が収容可能な船室しかなかったが、それにもかかわらず四千六百人が乗船させられた。そこに、さらに六百名のSS隊員が加わった。

ソ連人たちは、バナナ倉庫と呼ばれる船内でも最悪の場所に連れていかれ、貨物用の倉庫にすし詰めにされた。跳ね上げ戸は一日に一度開けられ、その瞬間は息が楽になった。

その後はふたたび暗闇。まもなく窒息死する者が出始めた。誰も泳いで逃げ出せぬよう、救命用の浮き輪はすべて鍵をかけたところにしまわれた。救命ボートには穴が開けられた。朝になると港から運搬船がやってきて、夜間に出た死者を運んでいった。

ロベール・ムシェもそこに、大西洋横断客船カープ・アルコナ号の六十五号室にいた。ノイエンガンメから来た囚人たちは、絵画や高価な布地で飾り立てられた豪華なキャビンを見て呆然とした。船室には充分な場所がなかったので家具類は撤去され、囚人たちは高級木材でできた床に雑魚寝するよう命じられた。

夜間、船室からは爆弾の音が聞こえ、迫り来る嵐の雷鳴のごとく、湿った火薬の音が遠くに響いた。舷窓《げんそう》から爆発の光が差し込み、夜に飛ぶ蛾の羽ばたきのように部屋の白壁を照らした。

イギリス軍は日増しに接近し、リューベックが陥落するのも時間の問題だった。

「ヒトラーが死んだ」とその翌日、ロベールは仲間たちに伝える。

彼らが総統《フューラー》の死を知ったのは五月一日のことだった。

「ベルリンの地下壕で自殺したんだ。兵士たちはすぐに降伏するだろう。戦争はすぐに終わるよ」

「反乱を起こすのはどうだ？」とマンデリンクスが大胆なことを言う。
「何のために命を危険に晒す必要がある？」とマックスが話にけりをつける。「いいや、待つのがいちばんだ。ドイツ軍が自分たちから降伏するだろう。二、三日の辛抱だ、今にわかる」

そうした囚人たちがみな、リューベック湾に停泊した船に押し込まれ、何をしていたかは定かではない。ドイツ軍の狙いが、当時ナチス陣営だったノルウェーに囚人たちを移送することだったのか、それとも、それまでの蛮行の証拠を消し去るため、潜水艦を使ってそれらの船を沈没させることだったのかもわからない。

その頃、リューベックに置かれたスウェーデン赤十字社本部に匿名の手紙が届いた。手紙には、三隻の船のなかに数千人の囚人がいる、手遅れになる前に彼らを救助すべきだと書かれていた。

赤十字社はナチス当局と面会した。ユダヤ人とソ連人に関してはどうすることもできない、とナチスは強硬に主張した。しかし、状況が状況なので、一部の政治犯についてはもしかすると解放する手立てがあるかもしれないという。結局のところ、ナチスも戦争が終結に向かっているとわかっていたので、いくらか人道的な態度を見せて、フランス人拘留者を解放する決断を下した。

一千人ほどが船を下りて上陸した。残りの囚人たちはフランス人であることを証明しようとして、知っているわずかなフランス語を片言でまくしたてたが無駄だった。そうして脱出を試みた者は射殺された。

# 18

一九四五年五月十一日
愛する人へ。
このあいだはいろんなニュースを書いて知らせたわね。ついに平和がやってきたのよ！　その言葉がわたしたちの生活を一変させることでしょう。五月八日、あの日のことは一生忘れないわ。
あなたの便りはまだ届きません。ともかく、あなたが生きていていつかこれを読むだろうということはわかっています……。

一九四五年五月十三日
今日もまた大勢の政治犯がヘントに帰還しました。わたしのこの状況、この苦しみは、言葉では表わしきれません。あなたは勇敢な人なのだから、お願い、何か徴を送ってちょうだい。きっといつかあなたは帰ってくる、そうしたらわたしたちはもう二度と離ればなれになることはないでしょう。

今日、共産党党首のミナールトがヘントに着くことになっているの。あなたのことを何か知っているかもしれないわね。この数日のうちにあなたの消息がわかるでしょう、そのときはこのうえなく幸せな気持ちになれるはず……。

ヴィックとカルメン

一九四五年五月十四日

今日はとても不安な一日を過ごしました。今朝、ルールスさんが無事に帰ってきたことがわかったの。一九四四年九月、ドイツへの輸送列車のなかであなたと一緒だった人よ。でも午後には、九千人が閉じこめられていたというあの沈没した船のことを知りました。助かったのはたったの四百五十人。あなたはその船のなかにいたのかしら？　考えるだけで恐ろしい。この拷問はいつまで続くのでしょう……。

落ち着いて、悪い考えは頭から追い払わなくては。あなたはもうすぐ帰ってくるはず。

愛しいあなたのために娘と祈っています。

ヴィック

追伸――今しがたある政治犯の口から、あなたは四月九日には元気だったと聞きました。ああ神様！

収容所から帰還しつつあった囚人たちに関する情報は錯綜していたようだ。ヴィックは無事に帰ってきたミナールトとルールスに尋ねてみたものの、ロベールの消息を知る手がかりは得られなかった。カルメンの話によると、共産党党首であったミナールトは、レジスタンス活動家のあいだで著名な人物だった。ブリュージュの生まれで、若い頃からフラマン語話者の権利を求めて闘った。そのため、第一次世界大戦ではドイツに味方し、ドイツの庇護のもとでオランダ語の大学を創設した。しかし、戦争が終わると裏切り者として告発されたため、オランダに移住した。そこで天体物理学の専門家となったが、やがて第二次世界大戦が勃発した。すると、当時の多くの知識人と同様に共産主義者となった。残念ながら、ミナールトはロベールに関する新たな情報は持っていなかった。ノイエンガンメに移送されたことは知っていたものの、それ以上はっきりしたことは彼にもわからなかった。

いっぽうのルールスは、彼こそがノイエンガンメに向かう列車から落とされた紙切れに書かれていた人物だった。裏面にルールスの名前が、表にロベールの名前があったのだ。そして「アレス・ヒュードゥ」、つまり「万事順調」と書かれていたが、ヴィックは囚人たちがヘントに到着し始めてから、本当に万事順調だったのだろうかという疑問に苛まれていた。帰還した人々はほかの囚人について良い知らせはほとんど持ち合わせず、悪い知らせがあっても、しばしば沈黙することを選んだ。それよりも未来を見つめるほうがよかった。「いずれわかることだ、今自分が何か言ったところでどうなる？」という思いは誰しも同じだった。

そんなあるとき、ヴィックに電話がかかってきて、ある男性がラジオに電話してロベール・ムシェを名乗り、無事で元気にしている、もうすぐ家に着くと話したという。ヴィックはたちまち生気を取り戻し、ロベールがどこからその電話をかけたのか、友人たちと調べにかかった。ヘルマンは幾度となく帰還委員会に足を運び、ロベールの名が帰還者のリストに載っていないか調べたが、あらゆるリストを隅なく探しても、友の消息は得られなかった。ラジオに出たというロベール・ムシェは、おそらく赤の他人だったのだろう。ムシェではなくメンシェと言ったのを誰かが誤解したのかもしれないし、真相は誰にもわからない。

一九四五年六月七日

あなたのことが本当に心配だわ！　あれだけ大勢の囚人が帰還したというのに、あなたの行方はまだわからない。もう六月よ、戦争が終わって一か月になるわ。あなたの知らせを待ち続けています。ほかのみんなはもう帰ってこないだろうと思っているの。わたしだけがこうして待っています。憶えている？　一年前は一緒にいたのよ。あなたが行ってしまわなければ、今頃こんな辛い目に遭うこともなかったのに。あなたの写真を見ると心が安らぎます。希望を与えてくれるの。わたしも希望を持ち続けようとしているけれど、ときどき不安のあまり途方に暮れてしまいます……。

あなたに悲報を伝えなければなりません。ヴェレーケンさんが一九四四年十一月三日に殺されていたの。ナチスの兵士がスープの玉杓子で殴りつけたせいで。奥さんは打ちひしがれています。

あなたにはそんなことが起こるはずがないと、今も希望を繋いでいます。もうすぐあなたをこの腕に抱き締められますようにと全身全霊で祈っています。

# 19

一九四五年五月三日、イギリス空軍の偵察機が、対空砲の届かない上空高くから、リューベック湾を横切っていく。カープ・アルコナ号にいた囚人たちは自分たちの存在に気づいてもらおうと腕をいっぱいに振り、救助と解放を求める。するとドイツの戦艦が偵察機に向かって発砲し始め、パイロットは眼下に何千もの囚人がいることに気づかぬまま引き返してしまう。

着陸後、パイロットは報告書にこう書く。「海岸沿いに飛行。湾内に停泊する船舶の数は目を疑うほどである。今日まではほんの数隻しか目撃されていなかった。すべてそこに集結させられたかのようだ。貨物船、巡視船など、船舶の種類はさまざまである。そして潜水艦が長い列をなして並んでいる」

イギリスの諜報機関はすでに、ナチスがノルウェーに渡ってそこで軍勢を立て直し、戦争を継続するつもりなのではないかと疑っていた。その計画は何としてでも阻止しなければならなかった。ナチスの逃走を食い止め、戦争を早く終わらせること、それがウィンストン・チャーチルの命令だった。

午後三時半、イギリス空軍184飛行隊の戦闘機タイフーンが四機、攻撃を開始する。ドイツ軍は自国の兵士たちの乗った小型船には白旗を掲げていたが、囚人たちの船からはナチスの赤い旗を下ろさなかった。空襲はカープ・アルコナ号を直撃する。タイフーンが投下した六十二発のミサイルのうち、四十発が船の喫水線に命中する。SS隊員と囚人たちは動転し、船室から甲板に飛び出す。囚人のなかには、その混乱を利用して、下の船倉にいたロシア人たちを助け出そうとする者もいる。しかしほぼ全員が死んでいる。二十四時間のあいだ飲まず食わずで衰弱しきっていたうえ、最初の攻撃で生じた熱のために窒息してしまったのだ。マックスは救命具がしまわれていた船室の扉をこじ開け、囚人たちに浮き輪を配り始める。SS隊員の一人がそれを目撃し、彼を射殺する。マンデリンクスは消火器を使って火の手を食い止めようとするが、ホースの先が詰まっているのに気づく。轟音が鳴り響き、足元に地震のような揺れが走る。二度目の攻撃だ。囚人たちの服に火が燃え移る。上の船室にいた者は、何とか助かろうとして死者や怪我人の上を、仲間の死体の上を駆けていき、踏みつけた瞬間に頭骸骨が割れるのを感じる。カープ・アルコナ号の船縁は死体でできた赤い絨毯だ。親衛隊の数人は救命ボートに乗り込んで船から降りようとするが、ボートが空中でひっくり返り、海に転落する。別のSS隊員のなかには、どうにか救命ボートを着水させるのに成功する者もいる。「ロシア人」と呼ばれていたカポが泳いで彼らに近づき、乗せてくれと懇願する。ボートの誰かが彼の額にピストルを当て、発砲する。囚人たちは船縁から飛び降りなければならないが、押し合いになり、多くの者が船体に衝突する。木製のテーブル、ベンチ、その他の家具を、水面で泳いでいる者たちの頭上へ投げ込む。そしてロープを伝って降りようとする。最初の攻撃から一時間後、船が傾く。数百人が海に落下し、そのなかにはマンデリンクスもいる。錨にぶつかった彼の死体が水に浮かぶ。海面は人で埋め尽くされ、死んでしまった者もいれば、かろうじて生きている者もいる。もはや水面はほとんど見えず、濡れた服、震える頭ばかりだ。海水は氷のように冷たく、泳ぐ力の残っている者は船に戻ろうとする。ロープの端や毛布で身体を船縁に結わえつけようとするが、船体はますます熱を帯び、鉄が赤く溶解し始めて摑まっていることができない。カープ・アルコナ号の内部は巨大なかまどだ。海で溺れたよりも多くの人がそのなかで焼け死ぬ。

三時間が経って攻撃は止んだ。カープ・アルコナ号に乗っていた六千四百名の囚人のうち、四千二百五十名がその空襲で命を落とした。六百人いたＳＳの監視兵の生存者は五百名で、ボートに乗り移って難を逃れた。一方、泳いで脱出しなければならなかった囚人たちの運命は甘くなかった。救助に来た漁船はドイツ人しか乗せようとしなかったため、多くの人は海岸に辿り着こうとして溺れ死んだ。ドイツ語で助けを求めて救われた者もいた。しかし、陸まで泳ぎ着いた者にはさらなる苦難が待ち受けていた。ＳＳの青年隊員、まだ十六歳の子供にすぎないノイシュタット海洋学校の士官候補生たちが銃を手に、囚人たちが泳いで砂浜に到達するのを待ち構えていた。疲労困憊して陸まで辿り着いたところを、その場で銃殺するために。囚人たちは何日ものあいだほとんど水も飲まず、空襲の火をくぐり抜け、泳いで脱出した末に、喉を涸らして海岸に辿り着いた。ＳＳ隊員に、水を、どうか水をくださいと懇願した。兵士たちは応じず、地面に伏せるよう命じた。絶望のあまり、海水を手の平にすくって飲んだ者もいたという。彼は殺された。

その後まもなく、イギリス海軍が港と海岸線を掌握した。ドイツ軍は降伏した。その同じ砂浜で、勝者は穴を掘るよう命じた。ＳＳ士官候補生たちは銃剣を取って砂を掘り始めた。彼らは、ナチスがよくしたように、その場で殺されてしまうのではないかと怯えた。穴を掘らされたあと、自分がそこに埋められるのではないかと。しかし、そのときのイギリス軍の目的は違った。穴は、海から打ち寄せられる幾千もの死体を埋葬するためだった。以後、バルト海は二十年近くにわたって死体を陸に送り返し続けた。
カープ・アルコナ号が沈没して四日後の五月七日、ナチス・ドイツは無条件降伏を宣言する。

ロベールは六十五号室で最後に目撃されるだろう。彼がそこから出ることはない。最初の攻撃の時点で砲弾に当たって重傷を負い、床に、爆発の振動で壁から落ちた絵画の横に倒れ込む。絵には眠る少女が描かれている。ロベールは目を閉じ、少女は「お父さん、お父さん」と呼びながら、小さな手で彼の頬を撫でることだろう。微笑みがロベールの最後の表情となるだろう。

その前夜、五月二日、イギリスの諜報機関はスウェーデン赤十字社を通じて、リューベック湾に停泊する船が数千名の拘留者を満載していることを知った。そこで、攻撃の中止を求める緊急の通知が本部に送られた。だが不幸にも、イギリス空軍のパイロットにはその連絡が届かなかった。何かの手違いと思われるが、その管理上のミスが約七千五百名の死者を出す結果となった。

カープ・アルコナ号とティールベック号にいた七千三百名の拘留者のうち、生き延びたのは三百六十六名だけだった。空襲を受けなかったアーテン号からは千九百九十八名が脱出した。一九四五年五月三日、リューベックで起こったのは史上最大の沈没事件のひとつだ。そして、その事実はごく近年まで伏せられていた。歴史の本、勝利を讃えようとするあの種の歴史書においては言及すらされなかった。

ナチスの意図は潜水艦の魚雷を用いてカープ・アルコナ号を湾内で沈没させることだったと考えられているが、その点が明らかになることはなかった。イギリス空軍は自分たちの過失を認めたものの、イギリスに公式な謝罪を要求する動きも起こらなかった。当時の報道はカープ・アルコナ号の惨劇を、ネルソン提督の時代のように、あたかも重要な海戦を制したかのごとく、勝利として伝えた。何千もの囚人がそこで命を落としたという悲劇については何ひとつ語られなかった。バルト海の水深はさほど深くないため、カープ・アルコナ号は完全に水没することなく、一九五〇年までリューベック湾でその姿を晒し続けていた。やがて解体され、鉄はスクラップとして再利用された。

いっぽう、ティールベック号は海底から引き上げられ、修繕ののち、ラインベック号と名前を変えて売りに出された。数年後にスプリトの造船所で解体されたが、解体作業が始まったとき、船底からは死体が発見された。

# 20

一九四五年七月二十九日

愛しい人へ。

心底がっかりして悲しい気持ちだけれど、あなたに伝えなければならないことがあります。そう、あなたには二度と会えないでしょう。でも、わたしたちの精神的な結びつきのおかげで、日々あなたの存在を感じています。身体の内から焼かれるようなこの苦しみがいつか消えてなくなることがあるのかしら？　この先あなたのいない人生を想像することなどできません。でもあなたの便りがない以上、最悪の事態を受け入れなくては。

今日は大変な一日でした。マックスことヴァレール・ビリエット先生を追悼するミサに行ったの。そこで誰かが言っていました。死者も行方不明者もみな、わたしたちと共にいる、彼らは生前も今も立派な人たちで、より良い世界のために我が身を犠牲にしたのだと。そうね、あなたはより良い人生のために、自分の人生と幸福を投げ打ったのだわ。そうした死が無駄であったはずはありません。

あなたはいかに生きるべきか教えてくれたわね、今はあなたなしにどうやって生きたらいいか教えてちょうだい。わたしたちの娘のために、みんなのために。

娘はあなたの信条にしたがって育て、あなたがどれほど素晴らしい人だったか話して聞かせます。あの子はいつまでも愛と尊敬の念を込めて「お父さん」と口にすることでしょう。父親のように良い人間になるように躾けます。

これで何となく気持ちが落ち着いたみたい、少し休むことにします。できることならわたしの夢に出てきてちょうだい、束の間の幸せが味わえるように。

優しいキスを送ります。いつまでもあなたの妻であるヴィックより。

娘のカルメンがずっとあとになって聞かされたところによれば、ヴィックは映画館に行ったある日、本編の前に上映されていたニュース映像で、カープ・アルコナ号で何が起こったかを目の当たりにした。そこで語られていたことに彼女は衝撃を受けた。何千もの囚人が命を落としたなんて。リューベックがハンブルクから近いことは知っていたが、そのときはまだロベールについて何の情報もなく、彼の行方も知れなかったので、その船にいたとは思いもよらなかった。

ロベールがノイエンガンメにいたことも、ヴィックはかなりあとになって知った。赤十字社に何度も手紙を書き、夫がドイツに移送されたが消息がわからない、どうか何らかの手がかりを与えてほしいと訴えた。なしのつぶてだった。赤十字社からの返事はなかった。

一九四六年五月二十六日、ヴィックは日記をつけるのをやめる。一年のあいだ一行も書かずにいたが、この日は最後に筆を取ろうと思う。彼女の筆致には怒りが感じられる。起こった出来事、彼女が書いたこと、経験したことのすべてが無意味であったとでもいうように。

彼女はそこで、自分が娘をきちんと教育できていない、躾けがなっていないと認め、世界は以前思ったほど良くなっていないと書いている。だって、一緒に夢見たあの美しい世界はどこにあるのだろう？　人類は原子爆弾を発明し、連合軍は平和の名のもとに、日本で未曽有の大虐殺を行なった。あれほどの脅威が存在する世界で、娘にどんな未来が待っているというのだろう。冷戦が始まり、ついこのあいだまで同盟していた国々は対立している。世界では誰も助け合いのことなど考えていない、自分のことしか気にかけず、お金を儲け、出世することしか頭にない。

それに、かつての友達はどこにいるのだろう？　ロベールの旧友たちは音信不通だ。知識人というのは物忘れが早い。おまけに、政府はいまだに寡婦年金を支払ってくれない。夫に宛てた日記の最後のページに、ヴィックは無力感から湧き上がってくる言葉を書きつける。


ヴィックはアントワープの刑務所で、ロベールの全所持品を受け取った。腕時計、それ以外は何もなし。列車に乗って去った夫が遺した物はそれがすべてだった。古ぼけた、革製のベルトの延長のような、細身の四角い時計。フレームは銀でできていて、数字は三か所にしか振られていない。九、十二、三。六があるはずの場所には、秒を刻む別の小さな時計がある。長針は三時よりも少し前で止まっている。短針はない。壊れて取れてしまったのだ。外側のガラスにはひびが入っているが、欠けてはいない。時計は今も、三時数分前を指して止まったままだ。

アントワープで行なわれた拷問で、ロベールは腕時計を奪われ、返してもらえなかった。何のために返す必要があっただろう、ドイツでは要らなかったのだから。時計は小さなメモとともに保管された。ナチスはあらゆるものを、死すらも万全に管理していた。メモには囚人の名前と生年月日、保管物の説明が書かれている。

Name: Robert Mussche

Geb.: 7-11-12

Inhalt: N115

1 armbanduhr, weiss, mit lederband.

(氏名：ロベール・ムシェ

生年月日：1912 年 11 月 7 日

内容：N115

腕時計が一本、白、革製のベルト付)

ノイエンガンメ強制収容所所長のマックス・パウリーは法廷で裁かれ、絞首刑にされた。しかし、ほかの将校たちの多くは裁判にかけられることもなかった。信じがたいことだが、ノイエンガンメは二〇〇六年まで刑務所として存続した。最初の慰霊碑は一九五三年に完成し、そこで命を落とした子供たちに捧げられた。同じ場所に拘留されたすべての人を悼むにふさわしい記念碑と博物館がつくられるまでには、半世紀近くを要した。二〇〇五年にその完成式典が行なわれたとき、カルメン・ムシェと夫のマルクは、生存者やほかの囚人たちの遺族とともに招待された。そのとき、すでに六十年が経過していた。

父を失った苦しみは、年を経るごとにカルメンの心のなかで増していった。父が帰還していたら自分の人生はどんなだっただろう、と彼女は自問する。しかし、とりわけ胸が痛むのは、ロベールの墓がないこと、悲しく打ちひしがれた気持ちになったとき、あるいは朗報を伝えたいとき、行くべきところがないということだ。

# 21

パウル・フレデリック通りの家の扉を叩く人がいる。ヴィックは覗き穴から誰が来たかを見て驚く。ヘルマン。彼が顔を見せるのは久しぶりのことだ。少し躊躇ってから、ヴィックは扉を開ける。

ヘルマンの目に、ヴィックはかつてなく美しく映る。白い肌に真っ赤な唇。青い瞳は疲れを隠せないが、それがどこか優雅な雰囲気を醸し出している。

「何があったかは知っているよ……」

「それは誰にもわからないことよ。わたしにだって。子供がいてよかった。すごく助けになってくれるの」

ヘルマンはヴィックを抱き締めたいという激しい衝動に駆られる。彼女を胸にぐっと抱き寄せ、首筋に、唇に、乳房に、キスを浴びせたいという衝動に。

「どうしてここへ？　ずっと連絡もなかったのに。昔の友達はみんないなくなってしまって……」

ヘルマンは、自分をここに連れてきたのは愛だと、あるいは寄る辺なさ、喪失感、親友の妻を抱き締めたい、彼女の全身を愛撫したいという欲望だと言おうと思う。気違い沙汰かもしれない、それかたんなる好色、征服願望なのか。ともかく、ヴィックの側に何らかの合図、彼を受け入れようとするそぶりが見て取れたなら、その場で行為に及んだかもしれなかった。

「ロベールについて本を書いたから、最初の一冊を君に渡したかったんだ」と言い、鞄から本を取り出す。「『ロベール・ムシェを悼んで』という題にした。たいしたものじゃないが……」

ヴィックには思いがけないことだった。彼女は本を受け取ると、しばらく表紙を撫でている。目が赤くなる。そして顔を上げると、親しみを込めて別れの挨拶をする。

「もう子供の世話をしないと……また会いましょうね」

「年月は過ぎ去り、友よ、僕はもう若くはない。若い頃は、あらゆる逆境に立ち向かうだけの力があり、世界は小さく、自分の力をもってすれば動かすことも可能に思える。そして無邪気にも、自分が世界の中心だと思い込むものだ。しかし今、僕にその力はなく、もはやただ生き続けているだけだ。ベッドに横たわったまま、もう二度と起き上がる気がないかのように、時の流れに身を任せてみることがよくある。人生の荒波に向かって立つ気力もなく、傷を負いながら、そのたびに人間として少しずつ死んでいく。夫に殴られる女性のように、ライオンの鉤爪にかかった小鹿のように。ああ、ロベール、僕に君の力があったなら……。今はその状況に順応している、これぞもはや若くはないという徴だ。そして徐々にこの世界から居場所を失いつつある。恐怖心もいや増した。若者には信頼が置けない、僕を憎むべき作家と思っているからな。ロベール、君はもっと違う勇気をもっていた、君の言葉がどれだけ懐かしいことか。君とともにあまりに多くのものが失われてしまった。憶えているか？　新しく知り合った人はよく僕たちを兄弟と勘違いした。オーストダインケルケに行ったときも、ヘルマンとロベール、兄弟だと思われただろう。違うと答えると驚いていたな、『でも顔つきがそっくりですよ！』とさ。それは本当だった、今でもときどき自分の写真を見ると君が、自分の顔に君の表情が浮かんでいるのが見える。話しているときも、心のなかで思うんだ、『おや、これはロベールじゃないか』。君は人生で最高の時期に命を失い、僕は死ぬのも悪くないんじゃないか、このまま消えてしまってもいいと思うことがある。君はこんな物言いを許さないだろうが、大の親友だった君が戦争に立ち向かい、命を犠牲にしたあとで、僕はもう生きていたくないのだ。幾度となく考えたさ、死がもし一時《いっとき》のものなら、僕も何日か、何か月かのあいだ生きるのをやめて、その懐に身を委ねてしまいたいと。ただし、死が一時のものだとすればの話だ。この苦しみに耐え、これほどの喪失感を抱え続けるのにはうんざりだ。『これ以上幸せな人間が存在するだろうか?』とかつての僕は、あの釣り小屋で君を抱きながら思った。それでは、ロベール、今僕が感じているよりも大きな喪失感が存在し得るだろうか?」

ヘルマンは一枚の紙に、これらの言葉を流れ出てくるがまま、考え込むこともなく、熱に浮かされたように書きつける。その後、紙を四つに引き裂く。書き物机の上で腕を組み、そこに顔を伏せる。彼は上階の部屋に一人きりで、窓のそばに座っているが、夜の暗闇で運河は見えない。窓ガラスが映し出すのは彼の顔だけだ。

中国の古い詩によれば、二人の人間が激しく愛し合い、あまりに強い結びつきが生まれると、そのどちらかが死んでしまったとき、本当に死んでしまったのは、その後も立って歩き続けているほうなのだという。

# 第3部

# 22

カルメン・ムシェは生涯を通じて、幼少期に起こった沈没事件から彼女のもとへ流れ着いたさまざまな物を集めては、子供の頃パウル・フレデリック通りの家でしていたように、心のベランダの穴にしまってきた。

ノイエンガンメ強制収容所の解放五十周年式典の折、彼女は夫のマルクに、リューベックに同行してくれないかと頼んだ。父があの海で亡くなったので、一緒に来てもらえたらうれしい、と。そのときまで、カルメンは夫に父親の話をしたことがなかった。彼女が父の書類に目を通し、実際に何が起きたのかを調べ始めたのはその一九九五年のことだ。母のヴィックがすべて箱に入れて保管してくれていた。本、手紙、写真、何もかも。ロベール・ムシェの人生のすべてが、いくつもの段ボール箱のなかに収められていた。

マルクとノイエンガンメを訪れたとき、カルメンは奇妙な体験をした。それはノイエンガンメからリューベック港までの、あの長く苛酷な行進と関係があった。
　何千もの囚人が休む間もなく、昼夜歩き続けた。あの行進の列に、あるポーランド人の兄弟がいた。二人は体力を使い果たし、疲労困憊して今にも倒れそうで、リューベックまで生きて辿り着けるとは思っていなかった。すると突然、フランス人の若者が「澄んだ《ア・ラ・》泉のほとり《クレール・フォンテーヌ》」という童謡を歌い始めた。

　澄んだ泉のほとりへ
　散歩に出かけると
　水がとてもきれいだったので
　そこで水浴びをした

　君を愛して長いこと経つが
　決して君のことは忘れない

　その歌が絶えず、繰り返し歌われたおかげで、実に多くの囚人が死を免れた。リズムに合わせて足を運び始めると、その素朴な歌を口ずさむ若者の声とともに力が蘇ってきたのだ。

それから五十年後、ある年配のポーランド人がフランスの古参兵の集団に近づいたかと思うと、彼らに向かって歌い始める。「澄んだ泉のほとりへ《ア・ラ・クレール・フォンテーヌ》、散歩に出かけると《モナロン・プロムネ》……」、もしかしたら誰かが続いてくれるかもしれないと期待しながら。

一人の老人がその歌を聞くやいなや後ろを振り向く。彼があのフランス人の若者だった！　半世紀ののちに、二人は抱擁を交わす。


父が亡くなったあとの数年間を、カルメンは貧窮した暮らしぶりとともに記憶している。ヴィックは実家の援助を求めてアントワープに引っ越すことに決めたが、子供はヘントで育て、教育を受けさせるという夫との約束は守りたかったので、カルメンは祖母、つまりロベールの母とヘントに留まった。

幼いカルメンにとって、母親と離ればなれになるのは辛い体験だった。母がアントワープから帰ってくるときは、バスターミナルで到着を待ちわびた。そしてバスからすぐに降りてこないと、お母さんはわたしに会いに帰ってきてくれなかったのだと思い、不安に駆られた。しかし、ヴィックは必ずそこにいた。ヘントで一緒に散歩しているときは、路面電車が通りかかると、お母さんはそれに乗って行ってしまい、二度と帰ってこないのではという気がした。やがて、ヴィックはようやく苦しみを乗り越え、アントワープを去ってヘントにいる娘の傍らに戻る決心をした。大学の食堂で調理の仕事に就き、定年まで務め上げた。

「お母さんは誰かにまた恋をしたことはありましたか?」と僕は少し恥ずかしく思いながらカルメンに尋ねてみた。

「ええ、母の人生にはもう一人の男性がいました。医者で、本当にいい人だった。わたしにもすごく優しくしてくれたのを憶えています。でも、厳格なカトリックの家の出で、ご家族は母のことをよく思いませんでした、子持ちの未亡人ということで……それで関係は終わってしまったのだけど、そのあとも、彼はわたしの人生の重要な場面に必ず顔を出してくれました。結婚式の日も、教会の後ろの席から見守っていてくれた。二人の子供が産まれたときも、病院までお祝いに来てくれたんです」

「誰かほかの人と結婚したんでしょうね」

「それはないと思うわ」

「お母さんと結婚しなかったことを後悔したでしょうか」

「きっとそうでしょうね。いずれにせよ、母はその人と別れたとき、いくらかほっとした部分もあったの。わたしのことをぎゅっと抱き締めてこう言いました。『これからは二人で暮らしましょう、カルメン。男の人はいらない、わたしたち二人だけ』。そしてその約束を守ったんです。それからずっと、わたしたちの関係は親密そのものでした。歳を取ると、母はロークリスティに住むわたしと夫のところに引っ越してきました。明るい人だったわ。人生であれだけのことを経験したあとでも、恨みがましいことは一度も口にしたことがなかった」

二〇〇六年十二月十日、カルメンとマルクはクラシック音楽の演奏会を聴きに、ヘントのベイローケ音楽ホールへ行った。フロリアン・ハイエリックの指揮で、ミヒャエル・ハイドンの交響曲が演奏されることになっていた。コンサートが始まる前、ハイエリックが聴衆に向かって語りかける場面があり、そのなかで、彼の母ドーラ・マヒーがドイツ語からオランダ語に翻訳した作曲家の伝記が、会場の入口で購入できるという話があった。

「ドーラ・マヒーと言った？」とカルメンはマルクに訊いた。

「ああ、そうだと思うよ」

父の書類に名前が出ていたので、カルメンはその人に心当たりがあった。「そうだわ！ドーラ・マヒーはフェレル通りに住んでいたのよ、父の家があったのと同じ通りに」と彼女はマルクに言った。「父より十歳ぐらい年下だったはず」。カルメンは、ロベールとドーラがとても親しかったのを知っていた。家には彼女の手紙が、それもロベールがスペイン内戦を取材した頃に書かれたものが残っていた。だから、彼女はきっとカルメンチュ・クンディンのことも知っているに違いない、とカルメンは思った。

休憩時間になると、カルメンは会場の入口に設置された机に近づいた。本を売っていた若者に、そのときはまだ孫だとは知らずに、ドーラについて尋ねてみた。

「あそこにいる年配の女性がドーラです」と青年は答えた。

八十五歳を過ぎていただろうが、その女性は今なお美しかった。彼女は夫の隣に腰掛けていた。夫も優雅な身なりをした人だった。

「ドーラ・マヒーさんですか?」

「はい、わたしです」

「カルメン・ムシェと申します、ロベールの娘の」

「まあ何てこと、信じられない!」ドーラは両手で顔を覆った。

彼女はカルメンを隅のほうへ連れていくと、いろんな話をしてくれた。夫が駆け出しの法律家だった頃、ベルギー戦争犠牲者事務局で働いていたこと。ロベールの遺体が見つからなかったために、ヴィックは政府から補償金を受け取れなかったこと。何年も待たなければならなかったが、最終的にはドーラの夫が助けてくれたおかげで受給できるようになったこと。書類を探しに探して、やっとのことでロベールがリューベックで命を落としたと証明できたこと。

「あなたのお母さんがアントワープに引っ越したら、それっきり連絡が取れなくなってしまったのよ」とドーラは説明した。

「それで、もしかしてカルメンチュという女の子を憶えていらっしゃる？」

「もちろんよく憶えていますとも。スペイン共和国の歌を一日中歌って過ごしたものですよ！」と言うと、遠い目をして、透き通るような声でそっと口ずさみ始めた。

休憩時間の終わりが告げられた。コンサートの第二部が始まろうとしていた。

「近いうちに訪ねていらっしゃい」とドーラはカルメンを招待した。「あなたに渡さなければならないものがあるの」

カルメンが訪ねていくと、ドーラ・マヒーは桜材の箪笥から一枚の布を取り出した。布は四つ折りにされていた。ドーラはそれを注意深く広げると、中から小さな刺繍を取り出した。

「カルメンチュがお礼にと言って、ビルバオから手紙と一緒に送ってきたものです。ほら、なんてきれいに縫ってあるんでしょう！　手紙のほうは、わざわざフラマン語で書いてよこしたんですよ。まだ憶えていたのね。ほんの一言ですけど、元気だから心配しないでと。でも言葉以上に、あの子の気持ちは、あの小さな手で縫い上げたこの刺繍からよく伝わってきました。それ以後は音沙汰なし。連絡が取れなくなってしまったの。わたしたちの人生から二人のカルメンがいなくなってしまった……今日の日が来るまでは」

カルメンは、カルメンチュの刺繍を震える手で受け取ると、しばらく親指でそっと撫でていた。

「持っていきなさい」とドーラは言った。

「いいえ、受け取れません。カルメンチュはあなたに送ったんですから。これまでどおり、あなたが大事になさっていてください」

別れ際に戸口で、ドーラはあることを告白した。

「わたしはあなたのお父さん、ロベールのことを心から愛していました。でも残念なことに、彼には別の計画があった。最初のうち、彼があなたのお母さんと付き合い始めたことをわたしたちは快く思いませんでした。みんな、少し嫉妬していたのね。でも今は、ヴィックほど彼にふさわしい女性はほかにいなかったとよくわかります。彼は最高の女性を選んだの」

カルメンはドーラに、父の書類が入った箱を調べていて見つけた、彼女が若い頃ロベールに送った古い手紙を贈った。ドーラは喜んでそれを受け取った。そしてお返しに、過去数年に書いたという詩を見せてくれたが、その最初の連ではロベールとカルメンのことが謳われていた。

過去とは、あるとき
かつて愛した人の子と巡り合うこと

「君はなぜロベール・ムシェの物語を書きたいのかね？」夕食を終えて居間で二人きりになったとき、マルクが僕に単刀直入に尋ねた。「メデジン国際ポエトリー・フェスティバルで、記者のフリオ・フロールからカルメンチュ・クンディンとロベールの話を聞いたというのは知っている。それに、ロベールが行きたがっていたあの大陸で彼のことが話題になるなんて、まったくすごいことだと思うよ。だが私が訊きたいのは、君が小説を書こうとする本当の動機は何なのかということなんだ」

旅や政治についてのどちらかというと表面的な、冗談混じりで交わされた会話のあとで、マルクの質問は僕の不意を突いた。

「何か月ものあいだ、まったく書けずにいたんです」と僕は彼に言った。「次の本がどんなものになるかもわかりませんでした。親友の死にすっかり打ちのめされてしまったんです。彼を亡くし、家では娘が生まれ、何もかもが同時に起こった。うれしい気持ちと悲しい気持ちとで、途方に暮れていました。内戦の疎開児童のことは前から知っていて、彼らの体験にはずっと興味を惹かれていたんですが、それを語るべき方法がどうしても見つからなかった」

「きっとその時機ではなかったんだね」

「そうかもしれません。でも、カルメンチュのことを調べ始めたら、ロベールの物語があたかも僕自身のもののように感じられるのに気づいたんです。ヘルマンという親友がいて、彼も作家だった。それにカルメン、あのバスクの少女にちなんで名づけられた娘がいて。そしてとくに、ロベールの蔵書、手紙、書き物、所持品、すべてを保管して、カルメンのために父親の記憶を守ったヴィックという女性……。これこそが僕の語るべき物語で、僕自身とぴったり重なる、その頃僕が感じていたことを写し出す小説になるはずだという直観がありました。なぜなら、そこには失った友、愛、娘が登場するから。幸福と喪失感。ある世界の終わりと、新たな世界の始まり。それが、僕がここにやってきた理由です。本当に、ロベールの人生を知ることが、僕にとっては苦しみを和らげる手段だったんです。でも……」

「続けて」と、マルクが飲み物のグラスに氷を入れながら言った。

「この数日間あなたたちと過ごしたあとでは、別の願いもあるんです」

「というのは?」

「この本がロベールのための、紙でできたささやかな墓になってほしいんです。カルメンがこれまでお参りすることの叶わなかったあのお墓に」

# 23

翌日、僕たちはヘルマンの息子、エーヴェルト・ティエリと彼の診察室で会うことになっていた。ティエリは医者で、精神疾患を専門にしている。あまり時間はない、と前日カルメンに送られてきたEメールには書かれていたが、面会は予想したよりも長時間に及んだ。

ティエリの診察室は書類で埋め尽くされていた。右側に大きな書棚があり、本やノートが詰め込まれている。正面には書き物机。その後ろの窓には、緑色のカーテンが掛かっている。左側には、患者に見せるためのさまざまな図版が載った小さなテーブル。カルテや、さらに多くの本。

ティエリは感じの良い人だ。話し方は穏やかで、口元に微笑みを絶やさない。彼の父はどんな人だったか質問してみた。

「父が死んでもう長いこと経ちます。実は、私たちにとってはトラウマ的な喪失ではなかったんですよ、あれだけ文学に打ち込んでいたわけですから」

「お父さんの日常生活はどんなでしたか？」

「退職が父にとっては痛手でしたね。昼間は図書館で仕事をし、夜は書き物をしていました。長年、図書館長をしていたんです、オットーヒュラヒトの、高校のそばの。一方に現実の世界があり、他方には架空の世界、父の日常はそんな具合に二分されていました。子供たちを寝かせてから自室に上がり、別の現実を想像していたわけです。しかし、退職したときはひどく苦しみましてね。どうやって生きていけばよいのかわからなかったのです。あのバランスを失ったことが父に悪影響を及ぼしたのだと思います。それからまもなく亡くなってしまいました、仕事を辞めてすぐに」

「戦時中、人々は欲望をどんなふうにして生きたのでしょうか？　恋愛はどんな位置を占めていましたか？」

「戦争は、私たちがこうして当たり前のように生きている、およそすべてのものが安定した状況とは違います。戦争ではそれまで確固としていたもの、住む家、家族、仕事、何もかもが失われてしまいます。確かなものは何ひとつない、そんななかで人は違ったふうに行動せざるをえなくなります。物事の体験はずっと密度が濃くなり、恋愛はもちろんのこと、性も例外ではありません。当時の恋愛関係は非常に刺戟的でした。次の日に誰が死んでいるかわからなかったわけですから」

「お父さんは『バラツェアルテア』という、バスク語のタイトルの本を書いていますね。そのタイトルはどこから？」

「私の知るところでは、父はフランス・バスク地方に旅行したことがありました。向こうに住んでいた友人の作家を訪ねていったようです。そこでバラツェアルテアという言葉を聞いて、どういう意味か教えてもらったわけです。庭に通じる扉、家と庭を隔てる敷居のことだと」

「二つの世界の境界……」

「そう、父はそうした境界に思い入れがありました。日常と欲望の世界、現実と夢、生と死、いつもその敷居に身を置いていたのです。父の文学もそうでした」

「ロベールはどこから見ても英雄的な人物ですね。英雄には弱点などないのでしょうか、彼の人格はあらゆる点で優れているように思えるのですが。この数日、カルメンとそのことを話していたんです。疎開児童の支援者で、良き友であり、レジスタンスの活動家……ロベールにはやましいところがひとつもなかったのでしょうか？」

「それは、私に言わせれば、英雄的であるということそのものでしょう。父はロベールほど理想主義者ではなく、言うならば実際的な人で、同じように対独レジスタンスに加わりながら、戦争を生き延びました。しかし、ロベールはより良い世界のためにすべてを捧げた。当時はそういう人間が必要とされたわけです。おそらく、戦争ではもっとも人格の優れた人たち、心優しい人たちが命を落としたのでしょう。ですが、英雄であるということはそれ自体が裏の、陰の側面を持っています。ヴィック、それにカルメンがどうなったか見てごらんなさい、夫と父親を失くしたんですよ。英雄であることの裏の側面とはまさにそれ、あとに残されたあらゆる苦しみのことなのです。それがロベールの陰の部分です、あまりにも信条がはっきりしていたということ……いずれにせよ、繰り返しますが、当時はそういった人が必要とされたのです。ともかく、あの世代のもっとも優れた人たちが亡くなった、そのことに疑いの余地はありません」

「でも、その後の社会の担い手になるのは生き残った人々です」

「父が書いた『静寂の列車』という小説がありますが、そこで父は、生と死のあいだには中間的なものが存在すると言っています。どういうことかというと、父はある科学の法則、慣性の法則にもとづいてその本を構想したのです。慣性の法則によれば、動いている物体を突然静止させても、その物体は前進し続けます。列車から飛び降りたとき、人はその場で止まることができずに走り続けますね。それがニュートンの第一の法則と呼ばれるものです。父の考えでは、誰かが死んだときもそれと似たことが起こります。しばらくのあいだ、その死者は生き続けているのです。そして、完全に死んでしまうまでは間がある。父は、永遠に死者となってしまう人もいれば、生き返る人もいると言っていました。ロベールは戻ってきませんでしたが、父は……生還したのです、悪夢から目覚めたように」

「今おっしゃったことは、喪の儀式とも関係がありますね。誰かが亡くなったとき、その人が死んだという事実が受け入れられるようになるまで、人は喪に服す必要があります。ある意味で、死者はそのあいだ生き続けている」

「そうかもしれません……」

「ヘルマンはロベールに対して罪悪感を感じていたのですか？　お父さんの文章にはそんな感情が見て取れる気がします」

「もちろんですよ、自分でそう認めたことも一度や二度ではありません。父は生き延び、ロベールは死んだ。大切な友を、私に言わせれば大の親友を失くしたのです。それと同時に、過去も」

「過去……ですか？」

「父は大の親友を、つねに自分のあとに続いてくれたはずの人を亡くした。ロベールは父の頼みを断ったことはありませんでした。ついにヴィックと一緒になって調和のとれた幸福な生活を手にしたときも、父の提案を受け入れた。そんな友人を失うというのは、自分の人生の大部分、自分の現在や未来と同時に過去すらも喪失することです。過去の美しい時代は永遠に失われてしまった。その過去に戻ることは不可能なのです」

「それでも、かつての友情はずっと記憶に留めていたはずですね」

「もちろんですとも。父がある本でロベールについて言っていることをごらんなさい」。エーヴェルトは机の上にあった本の山からある一冊を取り出した。「一九五七年に書いた『マッジョーレ湖』です。悲しい歳月を経たあとの、前向きな姿勢が見てとれる本です。父はロベールについてこう書いています」

エーヴェルトは声に出して読み始めた。


彼らはイタリアを何百キロも旅して、目にしたのは新築の家と中世の遺跡ばかりだった。十年前にその地を襲った悲劇は跡形もなかった。

「誰か一九四〇年から四五年の戦争のことを考えている人はいないか？　僕はありありと思い出しているところだ」

「ここにはいない人たちだな、きっと」と仲間の一人が言った。

「僕が今誰のことを思い出しているか、君ならすぐに当てられるだろう。彼の写真は今も部屋に飾ってある」

「ええ」と彼女は言った。「ロベール・ムシェ、レジスタンスに身を投じて亡くなったお友達でしょう」

「物静かで心の優しい奴だった、つまりは英雄だ。彼の内には聖なる炎が燃えていて、その火を消し去るにはバルト海の水が何百トンと必要だった。あの海に葬られたんだ……夢想家で、人生のさまざまな風景に魅了されていた。ここで僕らと一緒に旅することができたら、どれだけ喜んだことだろう」

そして今、僕はこうしてここにいる、なぜだ！　二人で最後に会ったとき、人生の驚異的な冒険について向こう見ずにも話したこの僕が……。

しかし、やがて僕の番が来るだろう、ロベール。遅かれ早かれ、僕にもそのときがやってくるだろう。

「素晴らしい」と僕は感嘆した。

「私の考えでは、父が何よりも感じていたのは悲しみでした。ロベールが良き友であり、良き父であり、そして良き作家だったからこその悲しみ。きっとカルメンからお聞きになったでしょう、小さい頃、父が来るとときまって彼女を抱いて泣き出したそうです」

「そうなの」。それまで無言だったカルメンが口を開いた。「最初は、ヘルマンが温かく抱き締めてくれるのがうれしかった。しかもあんな大きい人が、あの長い腕をいっぱいに広げて！　でも実は、しまいに彼のことを避けるようになってしまったの。顔を合わせるのが気まずかったから。熊みたいな大男がわたしを抱きしめて涙するなんてね……」カルメンは冗談混じりに話を締めくくった。

カルメン・ムシェの誕生は長時間に及び、難産だった。フランス・ダールス医師の助けがなければ、この世に生まれてくることもできなかっただろう。戦争が終結したとき、ダールスはナチスに協力したかどで死刑を宣告され、スイスへの亡命を余儀なくされた。ヘントに戻ることができたのはそれから数年後、一九五〇年代のことで、彼はふたたび医者として働き始めた。ダールス一家はカルメンと同じ建物に住んでいて、彼女は階段で息子のルックと出会い、友達になった。二人は当時十二歳くらいだっただろう。ルックは父親の過去を理由に公立学校に通うことを禁じられていたが、どうにか私立学校で学業を修め、やがてヘント大学の教授になった。ルック・ダールスの芸術作品はヘントの街のあちこちで目にすることができる。

カルメンとルックは、二人揃って幾度もメディアに登場している。対独協力者の息子と、レジスタンス運動で命を落とした作家の娘。しかし、それでも二人は友達だ。

カルメンは、二人の写真が掲載されたある雑誌を見せてくれた。僕が驚かされたのは、ルックがほかの多くの人々のように口を閉ざすことなく、自分の父はナチス側の人間だったと公言して憚らないことだった。

# 24

カルメン・ムシェがカルメンチュ・クンディンについてさらなる情報を得たのは、二〇〇八年にビルバオで行なわれた、内戦の疎開児童に捧げる式典でのことだった。かつての疎開児童たちと、彼らを受け入れた人々の親族が招待されたのだ。まず、ハバナ号の幾度にもわたる航海を記憶に留めるべく、サントゥルツィ港に花束が投げ入れられた。その後、市内のエウスカルドゥナ劇場で式典が行なわれた。カルメンはそこで何としてでもカルメンチュの消息を摑みたかった。それこそがビルバオまで出向いた最大の理由だった。カルメンチュが残した最後の手がかりは、ドーラ・マヒーがくれた刺繡のハンカチだった。しかし、それからすでに多くの年月が経過していた。

カルメンはどきどきしながら、カルメンチュ・クンディンがその会場にいないかと、古い写真を手に尋ねて回った。年齢を重ねたカルメンチュがどんな姿か思い浮かべながら、それらしき女性がいないか目を凝らした。

見つからなかった。兄のラモンには会えたが、年老いてアルツハイマーを患っていた。彼の記憶は衰え、ヘントの伝書鳩が伝言を足に結わえて飛んでいく途中で迷子になってしまったように、少しずつ消え、失われつつあった。あちこちを尋ね回って、カルメンはようやくカルメンチュの姪と話すことができた。

「ひとつだけ知りたいことがあるの」と彼女はその姪に言った。「カルメンチュはバスクに戻ったあと幸せだったのかしら？」

「ええ。結婚して、子宝には恵まれませんでしたけど、幸せに暮らしました。生涯現役の仕立屋で、見事な腕前でした」

カルメンはその若い女性の目を見つめた。カルメンチュと同じ、黒々とした瞳をしていた。

『ロベール・ムシェを悼んで』という小ぶりの本のなかで、ヘルマンは妻が身ごもっていることを明かし、子供が産まれたら、亡き親友にちなんでロベールと名付けるつもりだと書いている。生まれてきたのは女の子で、フレーデリックと名付けられた。その子が誕生したのは一九四五年十二月十一日のことだったが、まもなく二月二日に亡くなってしまった。

二人目の子供はエーヴェルトと名付けられた。ということは、ヘルマンはあの望みを果たすことがなかったのだ、と僕は思った。

カルメンにそのことを尋ねてみた。何も知らない、というのが彼女の答えだった。

つい先日、カルメンから連絡があり、父の書類のなかに、ヘルマンが書いた四篇の詩を収めた小冊子を見つけたという。詩は幼い娘について謳ったものだ。そこに、手書きの献辞が添えられていた。「ヴィックとカルメンへ、僕たちの可愛いフレーデリック＝ロベルテの思い出に」。つまり、彼は約束どおり、自分の赤ん坊にロベールの名前を与えたのだった。


二〇一〇年十一月二十八日、僕たちの娘アラネが生まれた。二〇一一年四月二十四日、僕の友人アイツォル・アラマイオが亡くなった。一緒に過ごしたほとんど最後の機会となったある日、アイツォルは僕にこう言った。

「お前は英雄の物語を書くべきだよ」

「でも、僕にとって英雄は存在しないんだ。僕が魅かれるのは人間の弱い部分であって、偉業じゃない。英雄なんて恐ろしい気がするよ」

「そういう英雄のことを言ってるんじゃない。ごくありふれた人たちのことだ。英雄はそこかしこにいる、昔も今も、ここにだって、世界中どこにでも。人のために身を捧げる小さな英雄が」

そのとき僕は黙り込んだ。今では、彼の言ったことは正しかったと思う。英雄はそこかしこにいて、ときに僕らのもとを去っていく。

さあ、これがある英雄の物語だ、僕の最愛の友よ。

二〇一二年三月十九日、サウサリート
二〇一二年十月二十六日、オンダロア

# 謝辞

父の物語を僕に聞かせてくれたカルメン・ムシェに。

かつての疎開児童で、自らの体験を証言してくれたマルハとカルメンのミランテ姉妹に。

インヘ・ヴィーセルスはオランダ語の資料にあたるのを助けてくれた。記者のフリオ・フロールには、カルメンの家への道を指し示してくれたことに心からの感謝を。

この小説を書くにあたっては、ヘスス・J・アロンソ＝カルバリェス著、*1937. Los niños vascos evacuados a Francia y a Bélgica. Historia y memoria de un éxodo infantil, 1936-1940*（『一九三七年——フランスとベルギーのバスク人疎開児童。子供たちの脱出の歴史と記憶、一九三六—一九四〇年』）を適宜参照した。ロベールの死後に刊行された、ヨハン・デイネによる *In memoriam Robert Mussche*（『ロベール・ムシェを悼んで』）も同様である。第二次世界大戦末期とカープ・アルコナ号については、デイヴィッド・スタッフォード著、*Endgame, 1945. The Missing*

*Final Chapter of World War II*（『エンドゲーム、一九四五年――第二次世界大戦の失われた最終章』）を参考にした。また、強制収容所に関するデータを集めるにあたっては、ヘルマン・カイエンブルク著、*Das Konzentrationslager Neuengamme 1938-1945. Herausgegeben von der KZ-Gedenkstätte Neuengamme*（『ノイエンガンメ強制収容所一九三八―四五年』、ノイエンガンメ強制収容所記念館編）を参照した。レモーン・ヴァン・ペー著、*Ik was 20 in 1944. Relaas uit Neuengamme en Blumenthal*（『一九四四年、私は二十歳だった――ノイエンガンメとブルメンタールからの報告』）に収められた証言には非常に助けられた。プリーモ・レーヴィ著、*Se questo è un uomo*（原題『これが人間か』、邦訳『アウシュヴィッツは終わらない』、竹山博英訳、朝日新聞社）は、この小説を執筆するあいだずっと旅の友となってくれた。

この本を書き上げることができたのは、サンフランシスコのヘッドランズ・アートセンターに二か月間滞在させていただいたおかげである。

カルメンチュ・クンディンと、戦争の被害を受けた過去と現在のすべての子供たちに、同じようなことがこれ以上繰り返されぬことを願って。

# 訳者あとがき

本書は、処女小説『ビルバオ―ニューヨーク―ビルバオ』（白水社、二〇一二年）が国際的に好評を博したバスク語作家キルメン・ウリベの小説第二作 *Mussche* (Susa, 2012) の全訳である。

スペイン北部とフランス南西部に跨るバスク地方に生まれ育ち、話者数が百万人に満たない少数言語の書き手であるウリベは、二〇〇一年に詩人としてデビュー。二〇〇八年に初の小説となる『ビルバオ―ニューヨーク―ビルバオ』（以下『ビルバオ〜』）を発表すると、スペイン国民小説賞および批評家賞（バスク語小説部門）を受賞、読者からも広い支持を集めて、これまでにスペイン語、カタルーニャ語、フランス語、英語、ロシア語、セルビア語、日本語といった十四の言語に翻訳された。その前作から四年越しの新作となったのが本書である。今やバスクを代表する作家となったウリベの小説二作目への期待は高く、バスク語の原書は二〇一二年秋の刊行直後からベストセラーとなり、翌年春にスペインの Seix Barral 社から刊行されたスペイン語訳も、発売から一か月で増刷されるほどの売れ行きを見せた。二〇一五年にはこの邦訳に続いて中国語での出版も予定されており、今後さらに多くの言語に訳されていくことだろう。

こうして順風満帆に見える活躍ぶりではあるけれど、ウリベがこの作品を書き上げるまでの道のりは決して平坦ではなかった。本書の終わりに言及されるように、二〇一〇年に親友が急死したことに大きなショックを受けた彼は、何も書けなくなるほどの深刻なスランプに陥っていた。そこから抜け出すきっかけとなったのが、二〇一一年夏、メデジン国際ポエトリー・フェスティバルに参加するために訪れたコロンビアでの偶然の出会いだったという。

本書執筆の経緯について書かれたエッセイによれば、首都ボゴタで行なわれた朗読会で、ウリベはある観客の父親が、スペイン内戦下のビルバオから海外に疎開した子供の一人であったことを知る。それが、本書のエピグラフに登場するパウリーノ・ゴメス・バステーラ、内戦当時のスペイン共和国内務大臣の息子だった。そこで彼を訪ねていったウリベに、パウリーノは自ら保管していた内戦の疎開児童に関する資料を見せ、彼らの体験については多くの証言こそあれ、小説はほとんど書かれていない、だからあなたにぜひ小説を書いてほしい、と話したという。実はウリベ自身、スペイン内戦で生じた約二万人のバスクの疎開児童の物語には以前から関心をもっていたものの、それを書くのにふさわしい方法を見つけられずにいた。バスクから取材にやってきていたある記者にその話をすると、ならばベルギーのヘントに住むカルメン・ムシェに会うべきだと勧められる。そこで作家が知ったのは、その女性の名前がバスクからベルギーに疎開したカルメンチュ・クンディンという少女に由来すること、そしてそのバスクの少女を引き取った彼女の父ロベール・ムシェが、フラマン語（ベルギー北部フランドル地方で話されるオランダ語）の書き手で、スペイン内戦で共和国派を支援したのち、第二次世界大戦で対独レジスタンスに身を投じたために強制収容所に送られ、帰らぬ人となっていたということだった。

それから、ウリベはカルメン・ムシェのもとに何度も足を運んだ。カルメンは父に関する書類や遺品、蔵書をすべてウリベに見せ、こう言ったという。これまでに多くの人が父の伝記を書こうとして取材に来たが、応じる決心がつかなかった。でも今回は違う、父はかつてバスクの少女を家に迎え入れ、それから七十年以上が経った今、バスクの作家が彼のことを本に書こうとしている。これもきっと巡り合わせだからぜひ協力したい、ただし伝記ではなく、生き生きとした小説を書いてください、と。

こうして、ウリベはこれこそが自分の書くべき物語だと確信すると同時に、内戦の疎開児童たちについて書くための視点を得た。つまり、子供たちの体験を直接描き出そうとするのではなく、バスクの子供を受け入れた他者の視点から出来事を語ることで、そこにどんな人々が存在したのか、彼らはバスクの子供とどのような関係を結び、その体験が彼らの人生にいかなる影響を及ぼしたのかが浮かび上ってくる。これは、前作『ビルバオ〜』で家族や故郷をめぐる数々のエピソードを通じてバスクについて語りながらも、つねに他の地域や人々との開かれた関係のなかで自分たちの存在と歴史を捉えようとした作家ならではの姿勢と言えるだろう。

さらに、著者がパウリーノやカルメンとの会話のなかで、バスクの疎開児童やロベール・ムシェの人生をもとにフィクションを書くというアイデアに強く惹かれたであろうことは想像がつく。スペイン内戦にまつわるエピソードは前作『ビルバオ〜』にもしばしば登場し、バスクにおける多様な戦争体験を浮かび上がらせていたが、ウリベはそこではあえて、特定の人物の人生に深く分け入ったり、出来事を大きな歴史の流れのなかに位置づけることはしなかった。『ビルバオ〜』で作者が関心を寄せていたのはむしろ、「記憶の働き」（同書四三ページ）、事実そのものよりも、それがいかに語り継がれて人々に記憶されるのかということだった。故人を記憶に留める方法としての物語と、現実の出来事や人物をより生き生きとしたものとして聞き手（読み手）の心に刻みつけるフィクションの力。二十一世紀にいかにして小説を書くかという一種のメタフィクションでもあった『ビルバオ〜』は、作家自身がそうした文学的な確信を深めていくプロセスであったと言えるかもしれない。

そのような前作の特徴を踏まえて読むと、この『ムシェ』がいかなる小説であるかがよりはっきりと見えてくるだろう。ここで語られるのは、スペイン内戦を逃れてベルギーにやってきたバスクの少女カルメンチュの里親となり、第二次世界大戦で対独レジスタンスに加わった末に命を落とした「小さな英雄」ロベール・ムシェの人生であると同時に、その娘カルメン・ムシェが、戦後半世紀以上を経てようやく、幼くして失くした父をめぐる記憶の空白と向き合い、喪失を乗り越えていく道のりでもあるからだ。かけがえのない人を失くした苦しみを癒すのに、記憶はどのような役割を果たしうるのか。残されたわずかな情報、記憶の断片をもとに、死者を生き生きと記憶し続けることは可能なのか。本書は、カルメンが母から受け継いだ父の遺品や思い出を手がかりに過去を再構成しようとする努力にそっと寄り添いながら、歴史資料や独自の取材にもとづくノンフィクション的な記述と、作家の想像力から生まれる小説的な語りとのあいだを行き来して、ロベール・ムシェとその周囲の人々、彼らの体験や感情を鮮やかに蘇らせてみせる。親友や伴侶と過ごす時間の甘美さ。子供を持ち、父親になることの喜びと不安。文学的に優れて豊かな言語でなくとも、自分の小さな言語で書き、言葉の見知らぬ風景に踏み入っていくことの快楽。そして、死や別離がもたらす喪失感。

やがて読者は、そうしたいくつもの体験が語り手（あるいは作者）自身のものでもあることに気づく。語り手「僕」の存在が作品全体を通じて際立っていた『ビルバオ〜』とは対照的に、他者の物語の背後に息を潜めていた語り手が最終部になって姿を現わすという仕掛けは意表を突くが、一見静謐で抑制の効いた文章の背後に、著者をこの本の執筆に駆り立てた強い衝動が潜んでいたことを窺わせ、小説の最後に忘れがたい印象を残すものとなっている。

解説に加えて、ここまで触れられなかったいくつかの事柄を補足しておきたい。まず、本書における作者と語り手の関係について。ウリベは「オートフィクション」、つまり、作者と同名の語り手＝主人公が登場するものの、自伝でもエッセイでもなく小説、すなわちフィクションとして提示されるという境界的なジャンルに関心を持っており、前作『ビルバオ～』に続いて、本作もその系列に位置づけられる。小説作品では一人称の語り手と作者を混同するのはタブーとされているが、オートフィクションでは作中におけるフィクションと現実の区別は宙吊りにされ、語り手がはたして作者本人なのか、その人物の身の周りに起きるのは実際にあった出来事なのかといった判断は読者の側に委ねられることになる。スペイン語圏の文脈では、この二十年ほどのあいだに発表された優れた小説にオートフィクションが目立つが、この傾向は、とくに比較的若い世代のあいだで、自分たちが直接には知らない内戦や独裁時代についてこれまで語られてこなかった記憶に対する関心が高まったのと時期を同じくしている（スペインでそれを強く印象づけたのが、二〇〇一年に登場した内戦もののオートフィクション、ハビエル・セルカス『サラミスの兵士たち』が大ベストセラーになったことだった）。バスク語の文学では、オートフィクションはそれほど盛んではないものの、やはり一九九〇年代以降にスペイン内戦を題材とした小説が増加し、内戦や戦後の歴史への関心は書き手のあいだで広く共有されている。そうした見取り図のなかで本書に特徴的なのは、本来「私語り」であるオートフィクションの手法を選択しながら、「私」や「我々」の歴史を垂直に掘り下げることよりも、自分たちの体験や記憶が他者のそれと結びつき、共鳴し合う接点を水平の広がりのなかで見いだすことに関心を寄せている点ではないだろうか。訳者にはそうしたところに、マイノリティとして、異なる社会と文化の狭間に立つ「境界の作家」を自認するウリベらしさが見てとれる気がする。

次に、スペイン内戦について。スペイン内戦から第二次世界大戦に至る歴史は、同じバスク地方でもスペイン－フランス国境の両側で大きく体験が異なるが、スペイン・バスクでは、内戦はスペインにおける共和制とファシズムの争いというだけでなく、バスクの政治的命運を賭けた戦いでもあったことは、日本ではあまり知られていないかもしれない。フランコ将軍の指揮する反乱軍の蜂起によってスペイン内戦（一九三六年七月―三九年三月）が勃発したとき、若き政治家ホセ・アントニオ・アギーレ率いるバスク・ナショナリスト党は、スペイン共和国への支持を打ち出す代わりに念願の自治権を獲得し、一九三六年十月にバスク自治州が誕生した。ところが、カトリック保守勢力の強かったスペイン・バスクの南部は内戦直後からフランコ陣営に入り、北側では主要都市が次々と陥落したため、バスク自治政府は首都ビルバオを中心に反乱軍に包囲されたかたちで、他の共和国側地域と分断されて内戦を戦わざるをえなくなる。初代首班《レンダカリ》にはアギーレが就任し、自治政府はバスク軍を組織して、スペイン共和国と祖国バスクの防衛のために戦ったが、一九三七年三月にはドゥランゴ、四月にはゲルニカが爆撃される。反乱軍がさらに攻勢を強めるなか、六月十九日にはついにビルバオが陥落。アギーレの指示のもと、約二万人のバスクの子供たちが親元を離れ、海路でビルバオを脱出したのはその直前のことだ。そして、ビルバオ陥落とともに自治政府はバスクに対する権限を失い、多くの市民と同様に亡命を余儀なくされた。こうして短命に終わったバスクの自治は、とりわけその象徴であるゲルニカの町への無差別爆撃とともに記憶されることとなった。

内戦終結後もフランコ体制への抵抗を亡命先から訴え続け、カリスマ的指導者として今も敬愛される初代首班アギーレについては、本作中でも言及されているほか、ウリベの最新詩集に彼を謳った詩が一篇あり、日本語でも拙訳で読んでいただくことができる（「キルメン・ウリベ小詩集」、『現代詩手帖』二〇一四年三月号）。また、本書の第5章で言及されるラウアシェタことエステバン・ウルキアガは、スペイン内戦前の世代を代表する詩人でジャーナリストとしても活躍し、バスク語の文芸復興運動に尽力した。作中で引用される詩は、一九三五年の詩集『夕暮れ時《アラチュ・ベラン》』に収録されたもので、祖国バスクの自由のために命を捧げた若者たちを謳っている。ラウアシェタはゲルニカ爆撃のあと、フランス人ジャーナリストに同伴して現地入りしたところをフランコ軍に捕らえられ、三十二歳の若さで処刑された。彼を含め、スペイン内戦では多くのバスク語の書き手が命を落としたり亡命を余儀なくされ、その後のフランコ独裁下ではバスク語文化に対する激しい弾圧が行なわれたため、内戦前に花開きつつあったバスク文学は勢いを止められ、一九六〇年頃まで長い停滞期に入った。

最後に、翻訳について。前作『ビルバオ〜』の邦訳では、スペイン語訳の刊行に際して作者自身が行なった加筆や修正を訳文に反映させた部分が少なからずあったが、本書に関してはそのような変更は見られなかったため、翻訳のために使用したのはバスク語の原書のみである。スペイン語訳は、バスク語の表現に疑問が生じたときに適宜参照したものの、最終的には年号などの明らかな誤りを修正するため参考にするにとどめた。なお、スペイン語訳は *Lo que mueve el mundo*（世界を動かすもの）というタイトルで、これまでに出たスペイン国内の他の言語への翻訳でもそのタイトルが採用されているが、邦訳では、原書の表紙に使用されていたムシェ一家の写真とともに、元のタイトルをそのまま生かすことにした。また、疑問に思われる方がいるかもしれないので注記しておくと、カルメンチュの名前にある「チュ」はバスク語の縮小辞で、小さなものや可愛らしいものを名指すとき語尾につけられ、名前の一部として扱われることも多い。

前回と同様、作中に出てくるさまざまな言語の読みを確認するにあたっては多くの方の力をお借りしたが、その大部分を占めたベルギーのオランダ語の発音や表記に関しては、白水社編集部を通じてクレインス桂子さんに特別にお世話になった。煩雑な確認作業に時間を割いてくださったことに心から感謝申し上げたい。なお、ベルギーのフランドル地方もバスクも多言語地域であるため、地名などの呼称は言語によってまちまちだが、日本の一般的な読者にとって比較的馴染みがあると思われるものに統一したことをお断りしておく（ベルギーに関しては、フラマン語、フランドル、アントワープなど）。

ウリベの小説をふたたび日本語に翻訳し出版することができたのは、前作に引き続き編集を担当してくださった白水社編集部長の藤波健さん、そして『ビルバオ〜』を支持してくださった多くの読者の方々のおかげである。本書がそうした読者の期待に応えるものとなっていること、そしてさらに多くの人にとって、バスク語で書かれた文学とバスク地方を少しでも身近に感じるきっかけとなることを心から願っている。

二〇一五年九月、東京にて

金子奈美

訳者略歴
金子奈美（かねこ・なみ）
一九八四年秋田県生まれ
東京外国語大学大学院総合国際学研究科博士課程在籍
専門はバスク地方およびスペイン語圏の現代文学
訳書に、Ｋ・ウリベ「ビルバオ―ニューヨーク―ビルバオ」（白水社）

〈エクス・リブリス〉
ムシェ　小さな英雄の物語

二〇一五年一〇月　五日　印刷
二〇一五年一〇月二五日　発行

著　者　キルメン・ウリベ
訳　者　© 金子奈美
発行者　及川直志
印刷所　株式会社　三陽社
発行所　株式会社　白水社

東京都千代田区神田小川町三の二四
電話　営業部〇三（三二九一）七八一一
　　　編集部〇三（三二九一）七八二一
振替　〇〇一九〇‐五‐三三二二八
郵便番号　一〇一‐〇〇五二
http://www.hakusuisha.co.jp
乱丁・落丁本は、送料小社負担にてお取り替えいたします。

誠製本株式会社

ISBN978-4-560-09042-8

Printed in Japan